ハヤカワ・ミステリ文庫
〈HM480-1〉

もう終わりにしよう。

イアン・リード
坂本あおい訳

早川書房
8541

I'M THINKING OF ENDING THINGS

by

Iain Reid

Translated by
Aoi Sakamoto

First published 2020 in Japan by
HAYAKAWA PUBLISHING, INC.
This book is published in Japan by
arrangement with
TRANSATLANTIC LITERARY AGENCY INC.
through THE ENGLISH AGENCY (JAPAN) LTD.

ドン・リードへ

謝辞

ニータ・プロノヴォスト。アリソン・キャラハン。サマンサ・ヘイウッド。

〝ジーン〟、〝ジミー〟、ステファニー・シンクレア、ジェニファー・バーグストロム、メーガン・ハリス、ニーナ・コーデス、ケヴィン・ハンソン、アドリア・イワスシアク、エイミー・プレンティス、ロレッタ・エルドリッジ、サラ・サンピエール、デイヴィッド・ウィンター、レア・アンティニー、マーサ・シャープ、クリス・ガーナム、ケニー・アンダートン、ショーン、METZ。

サイモン&シュスター・カナダ、スカウトプレス、テキストパブリッシングのみなさん。

友人。家族。

みんな、ありがとう。

もう終わりにしよう。

もう終わりにしようと思ってる。

いったんそんな考えがうかぶと離れない。取りついて、居座って、それで頭がいっぱいになる。自分ではほとんどどうしようもない。本当に。考えは消えてくれない。嫌だろうとなんだろうと、頭にある。食事のとき。ベッドに入るとき。寝ているとき。目を覚ましたとき。つねにある。つねに。

前から思っていたわけじゃない。考えとしては新しい。でも、同時に古い感じもする。いつ生まれたのだろう？　自分で考えたのではなくて、すでにあった考えを頭に植えつけられたのだとしたら？　語られない考えというのは独自のものではないのだろうか？　自分でもじつは前からわかっていたのかもしれない。どのみちこういう終わりを迎える運命だったのかもしれない。

前にジェイクは言っていた。「どう行動するかより何を考えているかのほうが、真実や現実に近いことがある。人は好きなことが言えるし、好きなように行動ができるが、考えはごまかせない」

考えはごまかせない。そして、わたしの考えていることが、これ。

だから不安になる。心から。わたしたちにどんな結末が訪れるのか、わかっていて当然だったのかもしれない。結末はそもそも最初から書いてあったのかもしれない。

道はほぼがらがら。のどかな場所だ。なんにもない。想像していた以上に。見るものはたくさんあるけれど、人はあまりいないし、建物や民家もあまりない。大空。木々。草地。柵。道路に、砂利の路肩。

「コーヒー休憩にする？」

「たぶん平気」わたしは言う。

「最後のチャンスだ。この先は本当に農場しかなくなる」

今から初めてジェイクの両親に会う。というか、向こうについたら会う。ジェイク。わたしの彼。彼になってそれほど長くはない。今回がふたりの初の遠出、初の長いドライブで、だからこんなふうに懐かしい気持ちになるのはおかしい——ふたりの関係、彼のこと、わたしたちのことで。わたしは今から起こることに胸ふくらませ、わくわくしていいはずだ。でも、そんな気分じゃない。ちっともそうじゃない。

「コーヒーも食べ物もいらない」わたしはあらためて言う。「夕食までお腹をすかせておきたいの」

「いわゆるご馳走(ちそう)は出ないと思うよ。このところ母さんは疲れてるから」

「だけど迷惑じゃないのよね？　わたしが訪ねていっても」

「もちろん、喜ぶよ。喜んでるよ。両親はきみに会いたがってる」

「ほんと、家畜小屋しか見あたらない。冗談抜きで」

ここ何年かで見たより多くの家畜小屋を今回のドライブで見た。もしかしたら人生で見たより多いかもしれない。全部おなじに見える。牛がいて、馬がいて。羊。草地。そして家畜小屋。空はこんなにも広い。

「このあたりの幹線道路には照明がないのね」

「道を照らすほど車が通らないから」彼が言う。「もう気づいてると思うけど」

「夜は真っ暗でしょうね」

「ああ、真っ暗だ」

実際より長いことジェイクを知っている気がする。実際は……一カ月？　六週間か、たぶん七週間？　正確にわかってるはずなんだけど。とりあえず七週間ということにしておこう。ふたりには本物の結びつきがある。めったにないような強い絆で結ばれている。こんな経験はわたしには初めて。

ジェイクのほうに体を向けて、シートに左脚を持ちあげてクッション代わりに自分の下に敷く。「それで、わたしのことはどの程度話したの?」

「うちの親に? それなりに」彼は言い、ちらりとこっちを見る。その眼差しが好き。頬がゆるむ。わたしはすごく彼に惹かれている。

「何を話したの」

「ジンを飲みすぎるかわいい娘と出会ったって」

「うちの親は、あなたがだれか知らない」わたしは言う。

ジェイクはジョークと思って聞いている。でも、ちがう。うちの両親は彼の存在をまったく知らない。ジェイクのことは言ってないし、だれかと知り合った話もしていない。いっさい。何かしら話そうと思ってはいる。その機会は何度かあった。ただ、何かを話すほどの確信が持てなかった。

ジェイクは物言いたげな顔をして、思いなおす。手をのばして、ラジオの音量をあげる。ほんの少し。音楽を流している局がないか何度か試してみたけれど、見つかったのはカントリー専門の一局だけだった。古い歌だ。ジェイクは小声でハミングしながら曲に合わせて首を動かしている。

「歌を歌うのを初めて聞いた」わたしは言う。「なかなか見事な鼻歌じゃない」

うちの両親がジェイクのことを知ることは、絶対にないと思う。今も、あとになってからも。ジェイクの実家の農場へと向かう人気（ひとけ）のない田舎の街道を走りながら、わたしはそのことを考えて悲しくなる。自分がわがままで勝手に思える。思っていることをジェイクに伝えるべきだ。だけど、とっても切りだしにくい。不安や迷いを口にしてしまったら、もう後もどりはできない。

だいたい心は決まってる。終わりにするのはほぼ確実。それを思うと、彼の両親に会うのも気が楽だ。どんな人たちなのか興味があり、ただしその一方で、今はうしろめたさも感じる。ジェイクからすれば、実家の農場を訪ねるのはわたしが積極的な証拠で、この先、付き合いが進展するものと思っているにちがいない。

彼はすぐそこ、わたしのすぐ横にすわっている。何を考えているんだろう？　彼は何ひとつ知らない。簡単にはいかないだろう。彼を傷つけたくはない。

「どうしてその歌を知ってるの？　それに、さっきもこの曲が流れなかった？　二回くらい」

「カントリーの名曲だし、僕は農場育ちだからね。当然知ってるよ」

すでに二度流れたことについては、否定も肯定もしない。一時間に二度もおなじ曲をくり返す局がある？　わたしはラジオはもうあまり聞かなくなった。最近はそんなものなのかもしれない。それがふつうなのかも。わたしには知りようがない。あるいは、この手の古いカントリーはわたしには全部おなじに聞こえるだけかも。

最後に遠出のドライブをしたときのことを何ひとつ思いだせないのはなぜだろう。いつだったかも憶えてない。わたしは窓の外をながめつつも、とくに何かを見てはいない。車に乗っている人のやるただの暇つぶし。車のなかからだと、何もかもが猛スピードで流れ去る。

とても残念だと思う。ここの景色についてジェイクは事細かに語って聞かせてくれた。この風景が大好きなのだ。離れるたびに懐かしくなるんだとか。とりわけ草地と空が。美しくてのどかな景色なのはまちがいない。ただし、走ってる車からじゃよくわからない。わたしはがんばってできるかぎりを目におさめようとする。

母屋（おもや）の基礎しか残っていない荒れた農場の前を通り過ぎる。十年ほど前に火事で焼けたのだとジェイクが教えてくれる。母屋の奥にはぼろぼろの家畜小屋、前庭には遊具のブランコがある。ただしブランコは新しく見える。古くて錆（さ）びついているわけでもなく、風雨で傷(いた)んでもいない。

「あの新しいブランコはなんでなの？」わたしは尋ねる。

「え？」

「あの火事になった農場の。もうだれも住んでないのに」

「寒かったら言って。寒い？」

「平気」わたしは言う。


窓のガラスはひんやりと冷たい。頭をあずける。エンジンの振動や道のでこぼこが、ガラスを伝って感じられる。脳への優しいマッサージ。催眠術のよう。〈電話の人〉について考えないようにしている話は、ジェイクにはしない。〈電話の人〉や留守電のメッセージのことはいっさい考えたくない。今晩は。それに、窓に映る自分を見ないようにしていることも、ジェイクには言いたくない。わたしにとって今日は鏡なしの日。ジェイクと出会った日といっしょで。そうした考えを、わたしは胸にしまっている。

キャンパスのパブの雑学(トリヴィア)ナイト。わたしたちが会った晩。構内のパブはわたしが入り浸るような場所じゃない。学生じゃないから。もう今は。あそこにいると老(ふ)けた気分になる。パブで食事をしたことは一度もない。出されるビールは埃(ほこり)っぽい味がする。

あの夜は、出会いは期待していなかった。わたしは友達とふたりで席にいた。といっても雑学ゲームに真剣に参加していたわけじゃない。ふたりでピッチャーをシェアしながらおしゃべりをしていた。

キャンパスのパブで会おうと友達が提案したのは、わたしに出会いがあるかもしれないと考えたからだと思う。とくに何も言ってなかったけれど、そんな目論みがあったにちがいない。ジェイクとその仲間はわたしたちの横の席にいた。

雑学はわたしの興味の対象じゃない。面白くないとは言わない。趣味からははずれるというだけで。わたしはどちらかというと、もっとまったりした場所にいくか、家で過ごしたいタイプだ。家で飲むビールはまちがっても埃っぽくない。

ジェイクの雑学チームの名前は〈ブレジネフの眉〉だった。「ブレジネフってだれ？」とわたしは質問した。店内は騒々しくて、音楽に負けないように、おたがいほとんど叫ぶようにしてしゃべった。すでに二、三分ほど会話がつづいていた。

「冶金の仕事をしたソ連の技術者だ。停滞の時代。巨大な毛虫を眉毛にくっつけてた」

そう、それ。ジェイクのチーム名。ウケを狙いつつ、それとなくソ連共産党の知識をひけらかしている。なぜだかわたしはそういうことに無性に腹が立つ。

チーム名というのはだいたいがそんな調子だ。そうでなければ露骨に性的な含みを持たせるか。べつのあるチームは、〈外出し上等！〉という名前だった。

　わたしは雑学はあまり好きじゃないとジェイクに伝えた。こういう場所での雑学は。彼は言った。「細かすぎてくだらないこともある。やる気のなさを装った妙な塩梅の競争心の共存だ」

　ジェイクはとくに目立つタイプではない。おもに歪さのせいでハンサムに見える。あの晩、最初に目に留まったのはべつの人だった。でも一番興味を引いたのは彼だ。完璧な美しさにはあまりそそられない。チームに答えをあてにされて無理やり引っぱってこられたといった感じで、彼はあまり周囲に溶け込んでいるようには見えなかった。わたしはたちまち気を引かれた。

　ジェイクは長身で、傾いていて、均整が取れていなくて、頬骨がごつごつしている。それに、ほんの少しやつれた感じがする。わたしはひと目で彼の骨ばった頬骨が気に入った。栄養不良気味の見た目を補うように、唇は赤みが濃くて丸みがある。とくに下唇は分厚く肉感的で、ぷっくりしている。髪は短くぼさぼさで、片側が長いのか髪質がちがうのか、頭の左右をべつのヘアスタイルにしているように見えた。髪の毛は汚くもなく、洗いたてでもなかった。

　ひげはきれいに剃ってあり、細縁のメガネをかけ、右のつるに手をあててよく無意識に位置を調整した。人差し指でブリッジを押しあげることもあった。ほかにも気づいた癖がある。何かに集中していると、手の甲のにおいを嗅いだり、嗅がないまでも鼻のそばに持っていったりするのだ。今もよく見かける。服装は、たしかグレーか青の無地のTシャツにジーンズだった。Tシャツは何百回も洗濯したように見えた。彼は頻繁に瞬きした。照れ屋なのがわかった。ひと晩じゅうとなりの席にいながら、向こうからひとことも声をかけてこない可能性もあった。一度、笑いかけてはきたけれど、それで終わり。彼に任せていたら、わたしたちは絶対に知り合わなかった。

話しかけてくる気配がないので、わたしのほうから言った。

「あなたたち、なかなかやるじゃない」最初にジェイクにかけたのはそんなような言葉だった。

彼はビールグラスを掲げた。「おかげさまで仕込んであるからね」

そんな感じだった。それで和んだ。わたしたちはもう少し話をした。するとジェイクはいかにも何気なく言った。「僕はクロスワード愛好者だ」

わたしは〝へえ〟とか〝そう〟とか、適当に答えた。知らない単語だった。

ジェイクは自分のチーム名を〈イプセイティ〉にしたかったのだと言った。わたしはその言葉の意味も知らなかった。だから最初はごまかそうかと思った。彼は慎重で控えめながら、妙に賢いのは早くもわかった。がつがつしたところは全然ない。わたしをナンパしようともしなかった。安っぽい口説き文句は、なし。彼はただおしゃべりを楽しんでいた。あまり付き合った経験がないのだろうという感じがした。

「その言葉は知らない気がする」わたしは言った。「さっきのも」よくいる男のように説明がしたいんだと思った。わたしがその言葉を知っていて語彙力で自分に引けを取らないと思うより、そのほうが嬉しいにちがいない。

「イプセイティというのは、基本的には自己性だとか個体性を言い換えた語だ。ラテン語で自己を意味するイプセに由来する」

ここだけ切り取ると、知識人ぶっていて、講義くさくて嫌味に聞こえるかもしれないけれど、そうじゃなかった。まったく。話しているのがジェイクだと。温厚な雰囲気、感じのいい生まれ持った穏やかさが、彼からは感じられた。

「うちのチームにはいい名前だと思ったんだ。自分たちみたいなのはたくさんいるけど、それでいてほかのどんなチームともちがうところからしてね。それに、ひとつのチーム名でプレイするからこそ、一体としてのアイデンティティが生まれる。ごめん、たぶん意味不明だろうし、きっと退屈だよね」

わたしたちは笑い、するとその場に、そのパブのなかに、ふたりだけでいるような感いちがう。

覚が生まれた。わたしはビールを飲んだ。ジェイクは面白かった。少なくともユーモアのセンスはあった。わたしほど面白いとまではまだ思わなかった。知り合う男はたいていちがう。

その夜、あとになって彼は言った。「人間はそもそもあまり面白くないんだ。そこまではね。面白いのはめずらしい」わたしがさっき考えていたことをそっくり知っているかのような口ぶりだった。

「その意見が本当かどうかは、わたしにはわからない」わたしは答えた。〝人間〟についてそんなふうに言いきるのは聞いていて気持ちよかった。ふつふつと奥から沸きでる自信が抑制の下から感じられた。

チームメイトとともにそろそろ引きあげようとしているのがわかって、わたしは電話番号を聞くか教えるかしようと思った。その気持ちはすごく強かったのに、どうしてもできなかった。電話することを義務に感じてほしくなかった。当然のことだけれど、自分から電話したい気になってほしかった。心からそう思った。でもわたしは、またそのうちどこかで会うかもしれないと考えることにした。ここは大学町で、大都会とはちがう。きっとばったり会うこともある。結果から言うと、わたしは偶然を待つ必要はなかった。

たぶん別れの挨拶(あいさつ)のときにバッグにそっと入れたにちがいない。家に帰ったあと、それが出てきた。

きみの電話番号がわかればいっしょにおしゃべりできるし、何か面白い話をしてあげるよ。

メモの一番下には彼の電話番号が書いてあった。

ベッドに入る前に、〝クルシヴァーバリスト〟の意味を調べた。わたしはひとりで笑い、彼の言葉を信じた。

――まだ理解できません。どうしてこんなことが起きたのか。

――みんなショックを受けている。

――こんな恐ろしいことはこの地域で起きたためしがない。

――たしかにこんなことはなかった。

――もう何年もここで勤務していますが。

――前代未聞と言っていいだろう。

――ゆうべは眠れなかった。一睡もできなかった。

――わたしもだ。気が休まらなくて。食事も喉を通らなかった。話を伝えたときの妻の顔を見せたかったよ。吐きそうになっていた。

――まったくどうやってやり遂げたのか。あんなのは思いつきでやることじゃない。無理だ。

――とにかくぞっとする。ぞっとするし、おぞましい。

――それで、彼とは知り合いだったんですか？　もしかして親しくしていたとか。

――いやいや。親しくはない。親しい人はいなかっただろう。孤独を好むタイプだ。もとからそういう性格だった。自分の殻に閉じこもる。人と打ち解けずにね。わたしより彼をよく知る者もいた。だが……ね。

――常軌を逸している。現実とは思えない。

――避けがたい悲劇だが、残念ながらこれはまさしく現実だ。

「道はどう？」

「悪くはない」彼は言う。「ちょっとすべるくらいで」

「雪にならなくてよかった」

「このあと降りださないといいけど」

「外は寒そうね」

　おのおので見ると、わたしたちはぱっとしない。それは特筆すべきことに思える。それぞれの要素、つまりジェイクのひょろっとした身長と、わたしの隠しようのない背の低さを足し合わせても意味はない。大勢のなかにひとりでいると、わたしは小さくなって無視されがちなように感じる。ジェイクも背が高いのに大勢のなかにまぎれる。でもふたりいっしょだと、人に見られているのに気づく。彼でもわたしでもなく、わたしたちを見ているのだ。それぞれだと、わたしはまぎれる。彼もまぎれる。カップルとしては人目を引く。

パブでの出会いから六日間のうちに、わたしたちはちゃんとした食事を三度ともにし、二度散歩に出て、お茶をして、映画を一本見た。わたしたちはしゃべりどおしだった。ずっとべったりだった。わたしの裸を見たあと、彼は――いい意味でと強調したうえで――若かったころのユマ・サーマンを思いださせると二度ほど言った。〝圧縮版の〟ユマ・サーマン、と。わたしのことを〝圧縮版の〟と言った。そんなだった。彼の言葉は。セクシーだと言ったことは一度もない。それはかまわない。わたしのことはかわいいと言うし、男たちがふつう言うように〝美人だ〟と一、二度言った。〝癒やされる〟と言ったことも一度ある。人からそんなふうに言われるのは初めてだった。あれは、ふたりで肌を重ねた直後のことだった。

そんなこと――肌を重ねること――もあるとは思っていたけれど、計画的じゃなかった。夕食が終わり、わたしたちはうちのソファでいちゃつきはじめた。食事にはスープを作った。デザートに一本のジンを分け合っていた。ダンスパーティの前に景気づけする高校生みたいにボトルをまわし合いながら、瓶の口からじかに飲んだ。前にいちゃついたときより、この日は先を急ぐ感じがあった。ボトルが半分あいたころ、ベッドに移動した。彼はわたしのトップスを脱がせ、わたしは彼のズボンのファスナーをおろした。

彼は好きにやらせてくれた。

そして彼はずっと「キスして、キスして」と言いつづけた。たった三秒、間をあけただけでも。何度も何度も「キスして」と。それ以外は無口だった。照明は消してあり、彼の息遣いはほとんど聞こえなかった。

姿もよく見えなかった。

「ふたりとも手を使おう」彼は言った。「手だけを」

今からセックスするんだと思っていた。なんて言っていいかわからなかった。わたしは言われたとおりにした。そんなふうにするのは初めてだった。ふたりが終わりを迎えると、彼はわたしの上にくずれ落ちた。わたしたちは目を閉じ、呼吸をしながら、しばらくはその体勢のままでいた。やがて彼は横にどいて、ため息をついた。

それからどれだけ時間が過ぎたかわからないころ、とうとうジェイクが起きあがって洗面所に向かった。わたしは横になったまま、歩いていく彼をながめ、水道の音に耳を立てた。トイレの流れる音がした。ジェイクはしばらくなかにいた。わたしは足の指をうごめかせ、自分のつま先をながめていた。

そのときは〈電話の人〉のことをジェイクに話さないと、と考えていた。でも、どうしても話せなかった。自分でも忘れたかった。話せばかえって深刻なことになりそうだった。このときが一番ジェイクに話すのに近いところまでいった。

そうやってひとり横になっていると、ある記憶がよみがえってきた。まだずいぶん幼かったころ、たぶん六歳か七歳のとき、ふと夜に目を覚ますと窓のところに男がいたのだ。そのことについて考えるのは久しぶりだった。人に話すことも——自分で考えることさえ——めったにない。いわばぼんやりした断片的な記憶だ。でも憶えているところは鮮明に憶えている。ディナーパーティで披露するような話じゃない。どう思われるかわからない。自分でもどう思っていいのかわからない。あの夜なぜ脳裏によみがえったのかもわからない。

それが危険なものだと人はどうやって気づくのだろう？　無害なものでないと何をきっかけにわかるのだろう？　本能はいつだって理性に勝る。夜にひとり目覚めると、今でも思いだして怖くなる。年を重ねるにつれていっそう恐ろしくなる。思いだすごとに、ますます不吉で不気味に感じられる。思いだすごとに、自分で実際より不吉なものにしているのかもしれない。よくわからない。

あの夜わたしは、なんの理由もなく目を覚ました。トイレにいきたいとか、そういうんじゃなかった。寝室は静まり返っていた。目覚める途中の段階がなかった。いきなりぱっちり目が冴えた。めずらしいことだった。いつもは目が覚めるまでに数秒、ときに数分かかる。でもこのときは蹴飛ばされたように目が覚めたのだ。

わたしは仰向けで寝ていたが、それもめずらしかった。いつもは横向きかうつ伏せで寝る。しかも、つい今しがたベッドに入ったみたいに上掛けにきっちりくるまっていた。暑くて汗ばんでいた。枕が湿っていた。部屋のドアは閉まっていて、いつもつけたままの常夜灯が消えていた。部屋は真っ暗だった。

天井のファンは強になっていた。高速でぶんぶんまわっていたのをよく憶えている。天井から飛んでいきそうに見えた。聞こえるのはその音だけ——ファンの規則的なモーター音に、空を切る羽根の音。

新しい家ではなかったので、夜中に目覚めるといつも何かしらの音がした——排水管の音、軋み、等々。この瞬間はそうしたほかの音が何もしないのが妙だった。わたしは警戒し混乱して、ベッドに寝たまま耳を立てた。

男を見たのはそのときだ。

わたしの部屋は家の裏手に位置していた。寝室としてはその部屋だけが一階にあった。窓はわたしの真正面にあいていた。縦にも横にも大きくない窓だ。男はただそこに立っていた。窓の外に。

顔は見えなかった。窓枠からはみでていた。胴体の半分だけが見えていた。かすかに揺れていた。手が動いていて、あたためようとするように両手をときどきこすり合わせた。そこのところははっきり憶えている。すごく背が高くて、すごく痩せた男だった。締めたベルト——くたびれた黒いベルト——の余った先が、尻尾のように前に垂れさがっていた。これまでに見たどんな人より背が高かった。

わたしはその男を長いこと見ていた。わたしは動かなかった。男も窓の前から動かずに相変わらず両手をこすり合わせていた。肉体労働の途中で休憩しているようでもあった。

でもそうやって見ているうちに、頭も目も窓より上にあるのに、向こうからもこっちが見えている気がしてきた——少なくともそう感じた。そんなはずはない。絶対にあり得ない。こっちから相手の目が見えないのに、相手からわたしが見えるはずがある？夢でないことはわかっていた。同時に、夢でなくもなかった。男はわたしを見張っている。それが目的でそこにいるのだ。

外では静かな音楽が流れていたけれど、はっきりとは思いだせない。ほとんど聞こえなかった。それに、目覚めてすぐのときは耳につくほどではなかった。だけど男を目にしてから聞こえるようになった。レコードだったのかハミングだったのか、よくわからない。そうやって長い時間が流れた。たぶん数分か、一時間か。

とそのとき、男が手を振った。思いがけないことだった。本当に手を振ったのか、ただの手の動きだったのかは、正直なところわからない。手を振るような仕草だっただけかもしれない。

その手の振りで何もかも一変した。そこには悪意を感じさせるものがあり、おまえは二度とひとりきりではいられない、おれはつねに近くにいる、また来るぞ、そう言っているようだった。わたしは急に怖くなった。そのときの感覚は、今も当時とおなじくらいリアルに残っている。映像が今もおなじぐらいリアルに目にうかぶ。

わたしは目をつむった。叫びたいけれど叫ばなかった。眠りに落ちた。ようやくふたたび目をあけると、朝になっていた。そして男の姿はもうなかった。

その後またおなじことがくり返されるにちがいないとわたしは思っていた。男がふたたびやってきて監視するだろう、と。でもそれはなかった。少なくともわたしの部屋の窓にはあらわれなかった。

でも、男がそこにいるような感覚がいつもした。男はいつだってそこにいる。

男を見たと思ったときは何度かあった。たいていは夜のことで、窓の前を通ると、うちの外にあるベンチに背の高い男が脚を組んですわっているのだ。男はじっと身動きせずにわたしのほうを見ている。ベンチにすわっているだけの男がなぜ悪者になれるのかはよくわからないけれど、その男はそうだった。

顔もよく見えないくらい遠かったし、わたしを見ているかもはっきりしなかった。男を見るのは嫌でしょうがなかった。そんなに頻繁だったわけじゃない。でも嫌だった。こちらからは何もできなかった。向こうはべつに悪いことはしていないのだ。だけど、何かをするでもなかった。本を読むでもない。おしゃべりするでもない。ただすわっている。なんのためにあそこにいるのか？　たぶん最悪なのはそこのところだ。全部わたしの頭のなかの出来事だったと考えられなくもない。そういう抽象的な事柄が何よりリアルに感じられることもある。

ジェイクが洗面所からもどってきたとき、わたしは彼が出ていったときとおなじ格好で仰向けになっていた。上掛けはぐちゃぐちゃだった。枕のひとつは床にあった。服がベッドのまわりに散乱しているせいで、部屋は犯行現場のようだった。

ジェイクは不自然なほど長いこと、ベッドの裾に無言のまま立っていた。裸で寝そべる姿は見ていても、立っている姿は見たことがなかった。わたしは見てないふりをした。体は白くて痩せていて、静脈が浮いていた。床から下着を探しだして身につけると、ふたたびベッドに這いあがってきた。

「今夜は泊まっていきたい」彼は言った。「こうしているとすごくいい。きみと離れたくない」

横に来て足と足がふれると、その瞬間、なぜだかわたしはやきもちを焼かせたくなった。そんな強い衝動をおぼえるのは初めてのこと。突然降ってわいた感情だった。

横目で見ると、彼は目を閉じうつ伏せになっていた。ふたりとも髪が汗で湿っていた。わたしといっしょで、彼の顔も火照っていた。

「すごくよかった」わたしはそう言って、彼の腰のあたりを指先でくすぐった。同意のしるしのうめき声がした。「前の彼とは……そういうんじゃなくて……本物の絆なんてめったにないでしょ。体がすべて、体だけっていう関係もある。肉体の究極的解放というだけで、それ以上じゃない。どれだけ親密になったとしても、そういうのは長つづきしない」

なぜそんなことを言ったのか、いまだにわからない。全部が真実というわけでもなかったし、それになぜこのときにほかの彼の話を持ちださなければならなかったのか。ジェイクは反応しなかった。いっさい。寝そべったまま横向きになって、わたしを見て言った。「つづけて。気持ちいいよ。そうやってさわられるのが好きだ。すごく優しく感じる。癒やされるよ」

「そっちこそ気持ちいいわ」わたしは言った。

五分するとジェイクの息遣いが変化した。寝ついたのだ。わたしは暑くて上掛けをはいでいた。部屋は暗くても目が慣れていて、今も自分のつま先が見えた。キッチンでわたしの電話が鳴った。ずいぶん遅い時間だった。だれだろうとかけてくるには遅すぎる。起きて出ることはしなかった。わたしは眠れなかった。横を向いたり寝返ったりをくり返した。電話はさらに三回かかってきた。わたしたちはベッドから出なかった。

朝になり、ふだんより遅い時間に目を覚ますと、ジェイクの姿はなかった。わたしは上掛けにくるまっていた。頭痛がして、口のなかがからからだった。ジンの空き瓶が床に転がっていた。わたしは下着とタンクトップを身につけていたけれど、自分で着た記憶はまったくなかった。

〈電話の人〉のことをジェイクに話すべきだった。今ではそれが身に沁みてわかる。はじまった時点で話すべきようなことだった。だれかに話すべきだった。でも話さなかった。それが重大なことだとは、いざとなるまで考えなかった。今ではもっとよくわかる。

男が最初にかけてきたときは、たんなるまちがい電話だった。ただそれだけ。深刻なことじゃない。心配するようなことでもない。電話はジェイクとパブで出会ったのとおなじ晩にかかってきた。そんな頻繁でなくてもまちがい電話がかかってくることはある。わたしは電話で深い眠りから起こされた。唯一妙だったのは〈電話の人〉の声だ――張り詰めた声色、それに抑えられた、ゆっくりした話し方。

ジェイクとの一週目、もっと言えば初デートのようなごく当初から、わたしは彼についての些細などうでもいいことに気づいた。そういうことに気づく自分が嫌。だけど気づいてしまう。車にいる今も。彼のにおいを感じる。かすかなにおい。でも閉ざされたなかにいるとわかる。嫌なにおいじゃない。どう表現していいかわからない。ジェイクのにおいとしか言いようがない。こんな短期間のうちに細々としたことを山のように知る。数年ではなくほんの数週間で。もちろん、彼について知らないこともある。そして彼も、わたしについて知らないことがある。〈電話の人〉のこととか。

声からして〈電話の人〉は男で、若く見積もって中年か、ひょっとしたらもっと上だった。けれど明らかに女っぽい声を出していて、女性のフラットな抑揚を真似ているか、少なくとも高く弱々しい声を無理に作っているようだった。不快にひずんでいた。聞いたことのある声ではなかった。知っているだれかではなかった。

聞き覚えのあるところがないか、わたしは時間をかけて最初のメッセージを何度も聞いた。でも、わからなかった。今でもわからない。

最初にかかってきたとき、番号ちがいだと思うと告げると、〈電話の人〉は〝すみません〟と女っぽいかすれ声で言った。そして、一、二拍ほど間を置いてから通話を切った。それきりわたしはその件について忘れていた。

翌日、取りそこねた電話が二本あったのに気づいた。二本とも寝ている夜のあいだにかかってきていた。不在着信の履歴を確認すると、前日のまちがい電話とおなじ番号だった。変だと思った。なぜまたかけてきたのだろう？　でも何より奇妙で不可解だったのは――このことについてはいまだ心穏やかでいられない――わたし自身の番号からかかってきていることだった。

最初は目を疑った。自分の番号だと一瞬わからなかった。二度見した。何かの誤りだと思った。そうでないとおかしい。でも、念入りに確かめても、自分が見ているのは不在着信履歴以外のものではなかった。まぎれもなくそれは不在着信履歴だった。そこに出ていたのだ。自分の番号が。

〈電話の人〉が留守番電話に最初のメッセージを残したのは、それから三、四日たってからだった。そのときから本格的に気味が悪くなってきた。メッセージは今も保存してある。残らず全部。男が吹き込んだのは七件。なぜ保存しているのか自分でもわからない。ジェイクに話すこともあると思っているからかもしれない。

床のバッグに手をのばし、電話をつかんで番号を押す。

「だれにかけてるんだ？」ジェイクが尋ねる。

「留守電を確認してるの」

保存された最初のメッセージを聞く。〈電話の人〉が最初に残したメッセージだ。

〝答えを出すべき問いは、ただひとつ。わたしは怖い。気が少しおかしくなってきた。わたしは正気じゃない。思っていたことはあたっている。不安がふくらんでくるのがわかる。答えを出すときが来た。問いはただひとつ。答えを出すべき問いは、ただひとつ〟

メッセージはとくに攻撃的でも脅迫的でもない。声にしてもそうだ。わたしはそう思う。今ではよくわからない。悲しげなのはたしかだ。〈電話の人〉の声は悲しげで、どこか悔しそうな感じもする。言葉の意味はわからない。無意味な感じもするけど、でたらめを言っているのでもない。しかも中身はいつもおなじだった。一言一句たがわずに。

そういうわけで、今現在、人生における関心事といえば基本的にそのくらいだ。つまり、ジェイクと付き合っていること、そしてほかのだれかが、べつの男が、わたしに変なメッセージを残すこと。わたしにはあまり隠し事はない。

ベッドでぐっすり眠っているときに目を覚まし、不在着信があったのを知ることがときどきある。だいたいが午前三時ごろだ。男はいつも真夜中にかけてくる。そして電話はいつもわたしの番号からかかってくる。

ジェイクとベッドで映画鑑賞をしているときにかかってきたこともあった。画面に自分の番号を見たわたしは、食べ物で口がふさがっているふりをして、黙ってジェイクに電話を手わたした。ジェイクは電話に出ると、どこかのおばあさんがまちがい電話をかけてきたと言った。彼は気にしていないようだった。そのままふたりで映画鑑賞をつづけた。その夜、わたしはよく眠れなかった。

一連の電話がはじまってから妙に怖い悪夢を見るようになり、だれかが家のなかにいるような感じがして夜中にパニックのうちに目を覚ましたことも二度あった。そんな経験は初めてだった。ものすごく嫌な感覚だ。一、二秒ほどのあいだ、だれかが部屋にいて、すぐそこの隅からこっちをじっと見ている感じがつづくのだ。ひどくリアルで恐ろしい。身動きさえできない。

最初は夢うつつながら、一分ほどすると完全に目が覚めて、わたしはトイレに立つ。うちのなかはつねに静まり返っている。流しで水を出すと、ほかがしんとしているせいでやけに大きく響く。心臓がばくばくいっている。汗びっしょりで、一度などはあまりに湿っていてパジャマを着替えないといけなかった。ふだんは汗をかかない。そこまでは。本当に嫌な感覚だ。どれも今さらジェイクにしても仕方のない話だ。わたしはいつもより少し神経がぴりぴりしているだけ。

ある夜は寝ているあいだに〈電話の人〉から十二回電話があった。その日はメッセージは残さなかった。でも不在着信が十二件。全部、わたしの番号からだった。

そんなことがあれば、ふつうは何かしらの対策を講じるだろうけど、わたしは何もしなかった。それにやるとして何ができただろう？　警察には通報できない。脅迫してきたこともないし、乱暴で危険な内容を言ってきたこともない。わたしからすればそれこそが奇妙だ。話をしたがらないところが。話すこと*だけ*がしたいといったほうがいいかもしれない。会話は絶対に嫌なのだ。わたしが電話に出ようとすると、すぐに通話を切る。男は謎めいたメッセージを残すほうを好む。

ジェイクは気にしていない。運転に専念している。なのでわたしはもう一度メッセージを聞く。

〝答えを出すべき問いは、ただひとつ。わたしは怖い。気が少しおかしくなってきた。わたしは正気じゃない。思っていたことはあたっている。不安がふくらんでくるのがわかる。答えを出すときが来た。問いはただひとつ。答えを出すべき問いは、ただひとつ〟

もうなんべんもこれを聞いた。くり返し何度も。

そして突然にそれは一線を越えた。いつもとおなじメッセージだった。一言一句たがわず。ただし今度はおしまいに新たなものがくわわった。最後に受け取ったメッセージで状況が変わった。最悪だった。本当に気味が悪かった。その夜は一睡もできなかった。わたしは怯(おび)え、もっと前に電話をやめさせなかった自分がばかだったと思った。ジェイクに話さなかった自分がばかだったと。そのことでは今でも自分に腹が立つ。

〝答えを出すべき問いは、ただひとつ。わたしは怖い。気が少しおかしくなってきた。わたしは正気じゃない。思っていたことはあたっている。不安がふくらんでくるのがわかる。答えを出すときが来た。問いはただひとつ。答えを出すべき問いは、ただひとつ〟

そして、そのあと……

〝今から動揺させることを言おう。おまえがどんな見た目か知っている。おまえの足、手、肌を知っている。おまえの頭、髪、心を知っている。爪を噛(か)んではいけない〟

つぎに電話してきたら絶対に出ないといけないと思った。やめるよう言わなければ。

向こうが何も答えないとしても、こっちからそう言うことはできる。それでなんとかなるかもしれない。

電話が鳴った。

「なんでかけてくるの？　どうやってわたしの番号を知ったの？　いいかげんにして」わたしは言った。すごく腹が立って、怖かった。あてずっぽうにかけてきているとはもはや思えなかった。頭にうかんだ番号を適当に鳴らしているふうではなかった。終わる気配はない。男は姿を消すつもりはなくて、何かを望んでいた。わたしに何を求めているの？　なぜ、わたしなの？

「巻き込まないで。助けてなんかやれないから！」わたしは叫んでいた。

「でも、かけてきたのはそっちだ」彼は言った。

「え？」

わたしは通話を切り、電話を床に放った。肩で息をしていた。

ただのまぐれだとはわかっている。だけどわたしは五年生のときから爪を噛んでいた。

――電話をもらったときは、うちはディナーパーティの最中でした。デザートには、塩キャラメルソースを使った手製のピーカンガレットを用意してあった。そこへあの電話。聞いたあとでは、だれもが夜を楽しむどころじゃありませんでした。電話で聞いたひとことことを、今でも思いだせます。

――わたしが知らせを受けたとき、子供たちは外にいた。それですぐそっちに電話したんだ。

――彼は鬱(うつ)か病気か何かだったとか？　やっぱり鬱病だったんでしょうか。

――抗鬱薬を飲んでいた様子はなかった。とはいえ、彼は秘密を明かさなかった。われわれの知らなかったことは、ほかにもいろいろあるだろう。

――そうですね。

――ここまで深刻な事態だとまわりが気づいていればよかったんだが。何かしら兆しがあれば、手の打ちようもあったろうに。兆しは必ずある。ふつうは、いきなりあんなことはしない。

――今回の場合、理性の人ではなかった。

――なるほど、たしかにそのとおりだ。

――わたしたちとはちがうんです。

――ああ。まったくだ。

――何も持っていなければ、失うものもない。

――そう。失うものはなかった。

思うに、相手について知るうちの多くは、その人から聞いたことじゃない。自分の観察に基づくものだ。人はどうとでも好きなことを言える。ジェイクが前に指摘したとおり、〝お会いできて嬉しいです〟と言うごとに、じつはその人はべつのことを考え、何かの判断をしている。〝嬉しい〟というのは、その人が考え感じているとおりのことではなくて、ただその人が言い、わたしたちが聞く言葉にすぎない。

ジェイクは、人の関係には独自の価数があると言っていた。価数。それが彼の使った言葉だ。

それが本当なら、関係というのは午後から夜のあいだに、刻々と時間が過ぎるあいだに、変わり得るということだ。たとえばベッドで寝ているあいだにも。いっしょに朝食を食べるとき、朝が早いとわたしたちはあまりしゃべらない。わたしは少しでもいいから、おしゃべりがしたい。そうすれば目も覚める。会話が楽しければなおのこと。笑いほどいい目覚ましはない。たった一度の大笑いでも、心からの笑いなら。カフェインより効果的だ。

ジェイクはほとんどしゃべらずに、シリアルやトーストを食べながら読み物をするのを好む。彼はいつだって読んでいる。最近は例のコクトーの本を。もう五回は読み返しているにちがいない。

でもジェイクは、それ以外にもあるものならなんでも読む。最初わたしは、朝食のときに無口なのは読んでいる本に夢中になっているからだと思っていた。理解はできる。わたしの行動様式とはちがうけど。わたしはそういう読み方は絶対にしない。物語に入り込んで没頭できるように、読書のためだけの時間をたっぷりべつに取っておくのが好き。読んで食べて、というのは好きじゃない。同時にするのは。

だけど読むことが目的で読んでいるところには腹が立つ。ジェイクはなんでも読む——新聞、雑誌、シリアルのパッケージ、どうでもいいチラシ、テイクアウトのメニュー、その他なんでも。

「ねえ、付き合っている人同士のあいだで隠し事があるのは、そもそもずるいとか、よくないとか、不道徳なことだと思う？」わたしは尋ねる。

急に聞かれて彼は戸惑う。わたしを見てから、ふたたび道路に目をもどす。

「さあね。隠し事によるんじゃないかな。重大な隠し事か。隠し事はひとつですむのか。いくつあるのか。それに何を隠しているのか。でも、どんな関係にだって隠し事はあると思う。一生の関係でも、五十年連れ添った夫婦でも、隠し事はある」

朝食をともにして五度目の朝、ジェイクを会話に誘うのはあきらめた。わたしからは冗談ひとつ言わなかった。ただ椅子にすわってシリアルを食べた。ジェイクがいつも食べるブランドだ。わたしは部屋を見まわした。彼をじっと見た。観察した。そして思った——これでいい。こんなふうにして、おたがいを本当に知っていくのだ。

彼は雑誌を読んでいた。下唇の下あたりに、白い膜だかカスだかがうっすらついていて、口の端の、上唇と下唇の合わさる溝にそれがたまっていた。ほぼ毎朝、これがついていた。唇のこの白い膜が。シャワーを浴びるとたいてい取れる。

あれは歯磨き粉？　口から吐いたひと晩の息に由来する何か？　それとも、口から出る目やにのようなものなのだろうか？　彼はものを読んでいるときは、エネルギーを温存しているのか、単語に集中するせいで嚥下能力が低下するのか、嚙み方がものすごくゆっくりになる。あごの最後の回転運動から嚥下までに長い時間差があることもある。

そして少し間を置くと、スプーンからこぼれ落ちそうなほどの量をまたボウルからすくって、無意識に持ちあげる。あごに牛乳が垂れるんじゃないかと、わたしは心配になる。そのくらい毎度たっぷりすくう。でも垂れることはない。彼は一滴もこぼすことなく、全部きれいに口に運ぶ。スプーンをボウルに置いて、汚れてないのにあごをぬぐう。そうしたことを全部うわの空のうちにやる。

ジェイクはとても引き締まった力強いあごをしている。今もそうだ。すわって運転している今も。

この先二十年、三十年、彼と朝食をともにする様子を想像してしまう自分を、どうやったら止められるだろう？　やはり毎日白いカスをくっつけるのだろうか？　ますますひどくなるのだろうか？　だれかと付き合っている人は、みんなそんなことを考えるのだろうか？　わたしは彼が飲み込むところを観察した――あのでっぱった喉ぼとけを。むしろ喉につかえた、ごつごつした桃の種に見えた。

食後ときどき、たいていはたらふく食べたあと、彼の体は長距離を走ったあとで冷却されつつある車みたいな音を立てる。流体が狭い空間から空間へと移動している音が聞こえるのだ。朝食のときはあまりなく、だいたい夕食後に起こる。

そうしたことをいつまでも考えてたくはない。どうでもいいことだし、よくあることだ。でも、付き合いがこれ以上真剣なものになる前の今のうちだからこそ、それについて考えるべきなんだと思う。だけど、考えると気が変になる。こんなことを考えるわたしは気が変なの？

　ジェイクは頭がいい。そのうち正教授になるだろう。終身雇用とかの。そこのところは魅力的だ。きっといい暮らしが送れる。背も高い。彼ならではの整いきらない外見的魅力がある。それにいい感じに厭世的だ。若いときのわたしが夫に求めたすべて。チェックリストが全部埋まる。ただ、彼がシリアルを食べる姿を見て、体がごぼごぼ音を立てるのを聞いている今では、そうしたすべてにどんな意味があるのかわからなくなる。

「ご両親に隠し事はあると思う？」わたしは訊く。

「もちろん。絶対あるよ。ないはずがない」

　何より妙なのは――ジェイクの言い方を借りると純然たる皮肉なのは――わたしが自分の迷いをひとつもジェイクに話せないということだ。本人に直接関係のあることだし、彼だけには打ち明けづらい。終わったと確信できるまでは、わたしからは何も言わないだろう。言えないだろう。わたしが悩んでいる事柄は、わたしたちふたりに関係し影響するけれど、わたしひとりでしか決められないのだ。そんな付き合いというのはいったいどんな関係なのか？　付き合いはじめならではの多くの矛盾のひとつだ。

「なぜ、隠し事についてあれこれ訊くんだ？」

「べつに」わたしは言う。「ちょっと考えてるだけ」

今回の遠出を純粋に楽しむべきなのかもしれない。深く考えずに。自分の頭のなかから外に出る。そして満喫する。自然の成り行きに任せて。

それが——〝自然の成り行きに任せる〟というのが——どういう意味かはわからないけれど、その言葉はたびたび耳にする。付き合うことに関して、わたしもそのことをよく言われる。でも、わたしたちはそうしているのでは？　こんなふうに考えることをわたしは自分に許している。それこそ自然なことだ。湧いてくる迷いを抑えたりはしない。そっちのほうがむしろ不自然では？

何が理由で終わりにするのかと自分に問いかけてみても、具体的な答えはあまりうかばない。でも付き合っていくなかで、自問しないでいられるだろうか？　付き合いをつづける理由は？　付き合うことの価値は？　自分はジェイク抜きのほうが幸せで、そのほうが関係をつづけるより妥当だと、わたしはだいたいのところ思っている。ただし確信は持てない。確信が持てるはずがある？　ボーイフレンドと別れたことがこれまでないのだから。

過去に経験した付き合いは、賞味期限切れを迎える牛乳パックみたいなものだった。ある時点になると自然と酸っぱくなる。お腹を壊すまでいかないにしても、味が変になったのはわかる。ジェイクのことをあれこれ考える前に、わたしは自分の情熱を維持する力を疑うべきなのかもしれない。全部がわたしのせいだとも考えられる。

「このくらい寒くても、晴れてさえいれば僕は気にならない」ジェイクが話している。「いざとなれば着込めばいい。冷えきった空気には清々しさがある」

「夏のほうがいい」わたしは言う。「寒いのは嫌い。春までまだ一カ月はある。長いひと月になりそうだわ」

「ある夏、僕は望遠鏡を使わずに金星を見た」

いかにもジェイクといった発言。

「日没ごろのある晩のことだった。その先百年以上は二度と地上から見ることのできない光景だった。太陽と金星が連動する極めてめずらしい惑星配列のおかげで、地球と太陽のあいだを通過する金星が小さな黒い点として見えるんだ。最高だったよ」

「当時から知り合いだったら教えてもらえたのに。見逃しちゃったじゃない」

「そこなんだよ。関心のある人は全然いないようだった」彼は言う。「すごく不思議だった。金星を観察するチャンスなのに、ほとんどの人はテレビを見てた。きみがそうだったとしても、責めてるわけじゃない」

金星が太陽からふたつ目の惑星だということは知っている。それ以上のことはよくわからない。「金星が好きなの？」わたしは尋ねる。

「ああ」

「なぜ？　どうして好きなの？」

「金星の一日は、地球の百十五日ほどに相当する。大気は窒素と二酸化炭素から成り、中心には鉄の核がある。火山と溶岩のかたまりだらけで、言ってみればアイスランドみたいだ。軌道速度もたしか知ってたけど、でまかせを言ってもいけない」

「なかなかいいわね」わたしは言う。

「だけど金星の一番好きなところは、太陽と月をのぞいて空でもっとも明るい存在だという点だ。多くの人はそれを知らない」

わたしはこういう話し方をするときの彼が好き。

もっと聞きたいと思う。「むかしから宇宙に興味があったの？」

「どうかな」彼は言う。「たぶんね。宇宙ではすべてに相対的な位置がある。宇宙とはひとつの実体であり、それでいて果てがない。遠くへいくほど密度が低くはなるが、いくらでも先へ進みつづけることができる。はじまりと終わりとのあいだに明確な境界がない。人間が宇宙を完全に理解し、知ることは決してない。不可能だ」

「そうなの？」

「全物質の大部分を構成するのは暗黒物質(ダークマター)で、その存在はいまだ謎に包まれている」

「ダークマター？」

「それは目に見えないんだ。銀河の形成や、銀河を取り巻く星々の回転速度が計算上成り立つのは、すべてそうした目では見ることのできない、その他の質量があってこそといえる」

「人間が全部をわかってなくてよかった」

「よかった？」

「人間がすべての答えを知らなくて、全部が解明できてなくてよかった。宇宙のようにね。たぶん人間は全部の答えを知るようにはなってないのよ。疑問はいいこと。答えよりも。生についてもっと知りたいとか、わたしたちがどう機能して、どう進んでいくか知りたければ、大事なのは疑問でしょう。それがわたしたちの知性を押し広げる。疑問があるおかげで、わたしたちは自分はひとりじゃない、人とつながってるという思いを強くすることができるんだと思う。知ることだけが大事なんじゃない。知らないこともいいことだとわたしは思う。知らないことは人間的でしょう。宇宙もそうだけど物事はそれでいいのよ。解明不可能で、暗黒」わたしは言う。「全部が全部じゃないにしても」

それを聞いて彼は笑い、言ったわたしはばかみたいな気分になる。

「ごめん」彼は言う。「きみを笑ったんじゃなくて、面白かっただけだ。そんな言い方をした人は初めてだよ」

「でも、そのとおりじゃない？」

「ああ。暗黒だけど、全部が全部じゃない。そのとおりだよ。なかなか悪くない考えだ」

――荒らされていた部屋もあったとか。

――そうだ。床には絵の具、赤い絵の具。それに水浸しの被害。ドアに鎖をかけていた話は聞いたか？

――この場所でなぜそんなことを？

――身勝手で歪（ゆが）んだ自己主張か。わたしにはわからない。

――破壊行為におよぶようなタイプではなかったんでしょう？

――そうだが、妙なことに、少し前から壁に落書きをするようになったんだ。彼の仕業（しわざ）だとみんな知っていた。現場を目撃しているんだ。本人は自分じゃないと否定していたが、毎度、みずから進んで落書きの掃除をした。

――妙ですね。

――それは妙なうちに入らない。

――え？

――異様なのは、書いた文句が毎度おなじだったことだ。落書きに書いたのが。ただの一文。

――つまり？

――〝われわれが答えを出すべき問いは、ただひとつ〟

――われわれが答えを出すべき問いは、ただひとつ？

――そうだ。彼はそう書いた。

――ただひとつの問いというのは？

――さっぱりわからん。

「まだしばらくかかるんでしょう?」

「ああ、もう少し先だ」

「話をしてあげようか?」

「話?」

「そう。暇つぶしに」わたしは言う。「ひとつ聞かせてあげる。実際にあった話。初めてする話。あなたの好きそうな。たぶん気に入ってもらえると思う」

わたしは音楽の音量を少しさげる。

「いいね」彼は言う。

「わたしがもっと若かった、十代のときの話」

彼のほうを見る。テーブルについているときは、いつも前かがみでぎこちなく見える。運転中は、ハンドルの前におさまるには背がありすぎるのに、姿勢がいい。わたしは彼の知性を通して彼の身長に惹かれている。明晰な頭脳のおかげで、ひょろ長い体形が魅力的に見える。両方は関係がある。少なくともわたしにとっては。

「いつでもはじめて」彼が言う。「その話を」

わたしはわざとらしく大げさに咳ばらいする。

「じゃあはじめるわ。わたしは新聞を頭にかざしてた。ほんとだって。何？　何にやにやしてるの？　土砂降りの雨だったから。バスの座席にあった新聞を取ってきたの。簡単な指示しか受けてなかった。十時半に家に来れば、私道で待ってる。呼び鈴を鳴らす必要はないって。ねえ、聞いてる？」

フロントガラスの先の道路を見据えたまま、彼がうなずく。

「到着すると、わたしはしばらく待たされた——何秒とかじゃなく、何分か。やっとドアがあいて、初めて会う男の人が顔をのぞかせた。そして空を見あげて、長く待たせたんじゃないといいけど、とか、そんなことを言った。上に向けた手を外に出して。何日も寝てないような、くたびれた顔をしてた。両目の下にはどす黒い大きなくま。頬とあごには無精ひげ。髪には寝癖。わたしはまじまじ見ないよう遠慮した。ドアはほんの隙間ほどしかあいてなかった。

〝ダグだ。すぐもどってくる。キーを持ってて〟、彼はそう言ってキーを投げてきて、わたしはパンチを受け止めるように、それをお腹の前で両手で受け止めた。そしてドアがバタンと閉まった。

わたしは動かなかった。最初はね。呆気に取られて。今のはだれ？　実際、その人のことは何も知らなかった。電話で話しただけで。手のなかの金属製のキーホルダーを見てみると、大きなただの〈J〉の文字だった」

そこで話をやめる。ジェイクを見る。「退屈そうね」わたしは言う。「細かい説明が多すぎなのはわかってるけど、憶えてることだし、話を正確に伝えようとしているの。そういう細かいことを記憶してるのって、変じゃない？　全部聞かされるのは退屈？」

「とにかく自分の話をすればいい。記憶はほぼすべてが創作だし、大幅に編集されているんだ。だから、とにかくつづけて」

「記憶についてのその説には賛成しかねるかも。でも言いたいことはわかる」わたしは言う。

「先に進んで」彼は言う。「聞いてるから」

「その後八分が過ぎた。少なくとも時計を二回見たあとで、ようやくまたダグが出てきた。彼は大きなため息をつきながら車の助手席にどっさり腰をおろした。ひざに穴のあいたジーンズにチェックのシャツという格好に着替えてた。彼の車のシートはオレンジ色の猫の毛でまだらになってた。どこもかしこも猫の毛だらけだった」

「まだら」

「そう、限りなくまだらだった。それに、彼は白い筆記体で正面に〈ニュークリアス〉と刺繍（ししゅう）された黒い野球帽を浅めにかぶってた。立ったり歩いたりしているより、すわっているほうが似合っている感じの人だった。

向こうから何も言ってこないから、わたしはパパと練習したいつもの段取りに入った。シートを前に出し、バックミラーを三度調整して、ハンドブレーキが解除されていることを確認した。ハンドルの十時十分のところに手を置いて、背筋をのばした。指示を出するとダグが〝雨は大嫌いだ〟って。車に乗って初めて言ったのがそれよ。指示を出すでもなく、わたしがこれまでどれだけ練習を積んでいるか確認するでもなく。ふたりきりで車内にいるのが照れくさくて、緊張してさえいるようだった。ひざを上下にゆすってた。わたしは〝何からはじめたらいいか、指示はありますか〟と質問した。〝この雨だ。いろいろと狂うな。やむまでやり過ごしたほうがいいだろう〟と彼は言った。そして手の動きだけで指図して、左側の最初の駐車場に車を入れさせた。コーヒーショップの駐車場だった。コーヒーかお茶か、何かほしいものはないかと訊かれて、いらないと答えた。しばらくのあいだ、わたしたちは会話もなくただすわって、車に打ちつける雨の音を聞いてた。窓がくもらないようエンジンはかけっぱなしで、ワイパーもわたしが低速で動かしたままだった。〝で、年はいくつ？〟と彼が言った。たぶん十七、八だと思ってたみたい。わたしは十六だって答えた。

〝それはずいぶんな年だな〟、彼はそう言った。爪がミニサイズのサーフボードみたいだった。長細くて汚れた、ミニサイズのサーフボード。運転のインストラクターというより、芸術家か作家の手だった」

「話の合間につばを飲むとか、瞬きするとか、息をするとかしたくなったら、どうぞ自由に」ジェイクが言う。「役に完全に入り込んだメリル・ストリープみたいだぞ」

「話し終わったら息するわ」わたしは言う。「彼は十六は若くないともう一度言って、年齢とは成熟度に対する不正確な審判人だと言った。それからグローブボックスをあけて、小さな本を出した。〝読んで聞かせたいものがある〟と言ってね。〝もしかまわなければ。どうせただ待ってるんだ〟って。そして、ユングについては知ってるかと尋ねてきた。わたしは〝あんまり〟と答えた。まるきり真実でもなかったけど」

「運転のインストラクターはユング派だったと」

「先まわりしないで。彼は少しまごつきながらもやっと本の目当ての箇所を見つけた。それから咳ばらいして、こんな文を読みあげた――〝わたしの存在の意味は、生命が問いかけをわたしに投げかけてきたことにある。あるいはその逆で、わたし自身が世界へ投げかけられた問いそのものであり、わたしは自分の答えを伝えねばならない。さもなくば、世界の出す答えにわたしは依存してしまうからだ〟」

「全部を記憶したの？」

「そう」

「どうやって？」

「本をくれたの。それを取っておいた。今もどこかにあるわ。あの日彼は人にものをあげたい気分だったのね。そして、経験は運転のみならずあらゆるものの役に立つ、と言った。〝経験は年齢に勝る〟って。〝われわれは経験する手立てを見つけないといけない。人はそうやって学び、そうやって知るのだから〟」

「ずいぶん変わった運転教習だな」

「わたしは、どうして運転を教えるのが好きなのかと尋ねた。そしたら、一番やりたい仕事ってわけじゃないけど、現実的な理由からせざるを得ないんだって。それに、車にすわって人と会話する楽しさがだんだんわかるようになってきたって。それから、パズルが好きだと言った。あと、べつのもうひとりと車を運転し操るというのが、メタファーとして気に入っていると言った。なんだか『不思議の国のアリス』のチェシャ猫を思わせる人だった。あの猫を内気にした感じだけど」

「妙だな」ジェイクが言う。

「何が？」

「僕もユングにいくらか傾倒していた。本当に己を知るには、己に問わなければならない。その考えがむかしから好きだった。それより、ごめん。つづけて」

「うん。それでね、雨宿りしているあいだに、彼はポケットに手を入れて、変わった見た目のキャンディをふたつ取りだした。そして〝これはきみに〟って片方を指さした。〝べつの雨の日用に取っておくといい〟と言って。そしてもうひとつを手に持って、ぴかぴかの包み紙をねじってあけた。指ではさんでふたつに割って、大きいほうをわたしにくれた」

「食べたのか？」ジェイクが尋ねる。「そいつがキャンディをくれるなんて、変じゃないか。それに素手でさわったものなんて気持ち悪いだろう」

「今から全部話すから。でもそのとおり、変だった。それにたしかに嫌だった。だけど食べた」

「つづけて」

「何にも似てない味がした。舌の上でキャンディを転がして、そもそも甘いのか確かめようとした。美味しいともまずいとも言えなかった。生徒からもらったキャンディなんだって。アジアのどこかを旅行してきて、そのキャンディは現地でとても人気なんだとか。その子ははまってたけど特別な品ではないと思うと彼は言った。キャンディを嚙んでばりばり砕きながらね。

すると急に味がしだした。思いのほか強い、酸っぱい味だった。悪くはなかった。だんだん美味しくさえ思えてきた。そしたら彼は、〝きみは一番面白いところをまだ知らない〟って。〝キャンディの包みには数行の英文が印刷されている。直訳で、あまり意味が通らない〟。そう言うとポケットから包みを出して、広げてみせた。

わたしは内側に書かれた文字を読みあげた。一言一句、憶えてる——〝あなたは新男。いかに美味しいかは忘れられない、特別な味。フレーバーが返って返る〟。

その文を何度か心のなかでくり返してから、もう一度声に出して読んだ。ダグはときどき包みをひらくんですって。食べるためじゃなく、その文句を読んで、考えたり解釈してみたりするのが好きで。自分に詩心はないけど、書いてある文章は過去に読んだ詩に劣らないと、彼は言ってた。〝数はあまり多くはないけれど、雨の日や孤独を癒やしてくれる確かでまちがいのないものが、生活のなかにはある。パズルもそんなようなものだ。人はそれぞれ自分のパズルを解かないといけない〟。その彼の言葉を、わたしは一生忘れないわ」

「印象深いね。僕も忘れないよ」

「そのころにはもう二十分以上駐車場にいたけど、運転らしいことはまだしてなかった。彼の話では、キャンディをくれた生徒はユニークな子らしく、ハンドルをにぎらせると絶望的で、とんでもないドライバーだった。いくらコツを教えても、何度指示をくり返しても、なんにもならなかった。教習の初日から、免許の試験には絶対に通らないだろうし、この世で一番下手なドライバーだとわかったって。教習は時間の無駄で、危険と隣り合わせだった。

だけど、そんな状況でも彼は教習がとても楽しみで、毎回その子と長い長いおしゃべりをしたんだとか。徹底的な議論をね。彼は本で読んだことを話題にし、彼女もおなじことを話題にした。行ったり来たりの話し合い。その子はときどき、心底うならされるようなことを言うんだって」

「たとえば?」ジェイクが尋ねる。運転に集中しながらも、ちゃんと聞いているのがわかる。思っていたより話に興味を持っている。

わたしの電話が鳴る。足元に置いたバッグから電話を出す。

「だれ?」ジェイクが言う。

表示されているのは自分の番号だ。

「ただの友達。出なくても平気」

「そう。なら話をつづけて」

なぜまたかけてきたのだろう？　何が目当てなのだろう？　「わかった」わたしは携帯電話をバッグにしまって、話にもどる。

「じゃあつづけるわ。その生徒はね、ある日唐突に自分のインストラクター相手に、わたしは〝世界一のキス上手〟だと言いだした。知っておいてもらうのが当然だというように、ふつうにそう話した。本人も自信満々だし、彼の話ではとても説得力があったそうよ」

ジェイクはハンドルをにぎりなおして、背筋をさらにのばす。メッセージが残されたことを告げる携帯の音がする。

「ダグは、こんな話をして変に思われるのはわかっていると言った。人に詳しく話すのは初めてなんだ、と謝るような調子で。その子はね、お金や知性なんかよりその才能のおかげで自分は優位に立ててるんだと断言した。世界一のキス上手という事実のおかげで、本人いわく、彼女は宇宙の中心になった。

ダグはわたしが返事をするか何か言うのを期待してこっちを見てた。何を言っていいかわからなかった。だからわたしは頭にうかんだままに、キスするにはふたりの人間が必要だと答えた。だって、ひとりの人間が一番のキス上手にはなり得ないでしょう。ふたりの人間が関わる行為なんだから。〝実際問題として、相手のひとりも一番なときにかぎって一番のキス上手ということになるけど、それは不可能だと思う〟とわたしは言った。〝ギターの演奏なんかとはわけがちがう。それなら自分ひとりだし、自分が上手なのはわかってる。キスはひとりでする行為じゃない。ふたりの一番が必要になってくる〟と。

彼はその答えが不快なようだった。見るからにいらついてた。ひとりでは世界一のキス上手にはなれない、キスの相手に依存する、というところが気に入らなかったのね。すると彼は〝その点を克服するのはすごく大変だ〟と言った。つまり、必ずべつのもうひとりが必要だってことじゃないかって。でも、べつのもうひとりがいなかったら？　みんながみんな、ひとりきりだったら？

わたしは何を言っていいかわからなかった。そしたら彼は、なんていうか突然態度を変えたの。口論していたわけでもないのに。そして〝雨がやむのを待つなんてばからしい〟って言いだした。わたしに駐車場を出て右にまがるように言った。ずいぶん妙だった。彼はあっちやこっちに首を傾けて、進む方向を指示した。あとはずっと無言だった」

「興味深い」ジェイクが言う。

「もう少しで終わるわ」

「つづけて」

「教習の残りの時間、ダグはシートに落ち着きなくすわっていて、運転についてのことにはまるで関心がなさそうだった。技術面の基本的なアドバイスをいくつかくれはしたけど、ほとんどずっとフロントガラスの前を見つめていた。彼との教習は、それが最初で最後だった。

雨がやまないのでわたしを家で降ろすと言ってくれて、おかげでわたしはバスを待たずにすんだ。ほとんど会話はなかった。うちまで来ると、わたしは家の前に駐車して、今後は父と練習をつづけると伝えた。すると彼もそれがいいと。わたしは彼を車に残して家に駆け込んだ。

一分ほどして——長くはたってなかった——わたしはまた外に出た。車はまだおなじ場所にあった。彼は運転席に移動していて、両手でハンドルをつかんでた。シートはわたしに合わせて調整したままで、ミラーもそうだった。なかに押し込められているように見えた。わたしは窓をおろすよう合図した。彼はシートをうしろまでさげてから、ハンドルをまわして窓をあけた。当時はまだパワーウィンドウがないのがふつうだったから。

窓が下までおりきる前に、わたしは車に顔を突っ込んで、彼の左の肩にそっと手を置いた。わたしは髪がびしょ濡れだった。どうしても、はっきりさせないではいられなかった。一瞬目を閉じてて、と彼に告げた。顔と顔がすぐそばにあった。向こうは言うとおりにした。目を閉じて、わたしのほうになんとなく体を傾けた。それから……」

「まさか。そんなことをするなんて信じられない」ジェイクが言う。「なんだってそんな気を起こした？」

これほど感情に富むジェイクを見るのは初めてだ。衝撃を受けて、ほとんど怒っている。

「わからない。そうしないといけない気になったの」

「まったくきみらしくないな。そのあとも彼とは会ったのか？」

「会わなかった。それで終わりだった」

「ふん」ジェイクが言う。「世界一のキス上手になるには、ふたり目の人間が必要かだって？　たしかに興味深い。そういう話はずっと頭に残りがちだ。考えて、気になってしかたなくなる」

ジェイクは前を走るのろのろ運転のピックアップ・トラックを追い抜く。黒くて、古い車だ。わたしたちはだいぶ前からうしろを走っていた。話のはじめごろから、ほぼずっと。追い越すときに運転している人を見てみようとしたけれど、はっきりとは確認できない。ほかに道路を走っている車はあまり見かけなかった。

「記憶はすべて創作だと言ったのは、どういう意味？」わたしは質問する。

「記憶というのは、思いだされるごとに独自のものになるんだ。絶対的じゃない。実際の出来事をもとにした話は、しばしば事実よりも創作と重なるところが大きい。創作も記憶も、思いだされ、語りなおされる。どっちも話の一形態だ。話という手段を介して、人は知る。話という手段を介して、たがいを理解する。だけど現実は一度きりしか起こらない」

わたしがジェイクにもっとも惹かれるのはこういうときだ。この瞬間。〝現実は一度きりしか起こらない〟というようなことを言っているとき。

「考えだすと不思議でしょうがない。われわれは映画を見にいき、それが現実でないことを理解している。人が演技し、台詞（せりふ）を言っているのはわかっている。それでも心に響く」

「つまり、今わたしがしたのが作り話でも、実際に起きたことでも、どっちでもかまわないということ？」

「話はすべて作られたものだ。現実の話であったとしても」

またもジェイクらしい名言。

「そのことについて考えてみるわ」

「『アンフォゲッタブル』という歌は知ってる？」

「ええ」わたしは言う。

「本当にアンフォゲッタブル、忘れられないものが、どれだけあるだろう」

「さあね。わからない。でもあの歌は好き」

「ひとつもない。忘れられないものは、ひとつもない」

「え？」

「大事なのはそこだ。どんなものも一部は必ず忘れられる。どんないいことでも、思い出深いことでも。まさに、そうあるべきだ。あるべきなんだ」

「それが問題だ？」

「やめてくれ」ジェイクが言う。

わたしは今、何を言っていいのかわからない。どう反応すべきかわからない。

彼はそれ以上何も言わない。頭のうしろの毛を人差し指に巻きつけて、ただ髪をいじっている。いつもの手つき、わたしの好きな手つきで。そしてしばらくしてから、わたしのほうを見る。

「僕はこの世で一番賢い人間だと言ったら、きみはなんて答える？」

「えっ？」

「真面目な話だ。きみがした話にも関係がある。とにかく答えて」

わたしたちはすでに五十分は走っている。もっとかもしれない。外は暗くなってきた。ダッシュボードとラジオをのぞいて車内に明かりはない。

「どう答えるかって？」

「そうだ。笑う？　嘘つき呼ばわりする？　腹を立てる？　それとも、そんな大それたことを言いだすやつの理性をただ疑うか」

「わたしはたぶん、〝えっ？〟って言うと思う」

それを聞いてジェイクは笑う。大笑いではなく、小さくて誠実で体内に取り込まれた、ジェイクらしい笑い。

「ジョークじゃない。真剣に言ってるんだ。ちゃんと聞こえただろう。きみはどう反応する？」

「つまり自分はこの世で一番賢い男だと言いたいの？」

「正確じゃない。一番賢い人間だ。それに自分がそうだと言ってるんじゃない。僕がそう言ったらきみはどう反応するか知りたいんだ。考えてみて」

「ジェイク、よしてよ」

「真剣な質問だ」

「たぶん、くだらないことばかり言って、って言うわ」

「そう？」

「そう。この世で一番賢い人間？　いろんな意味で笑っちゃう」

「どんな意味で？」

わたしは頬杖をつくのをやめて、聴衆がいるように顔をめぐらす。にじんだ木々が窓の前を流れていく。

「じゃあ、ひとつ質問させて。あなたは自分がこの世で一番賢い人間だと思ってるの？」

「それは答えじゃない。質問だ」

「質問形式で答えるのは許されるでしょう」

わたしは〈ジェパディ！〉のクイズをなぞったわかりやすすぎる冗談をうっかり言いかけるが、ジェイクはそれを理解しない。当然だ。

「ただばからしいと言うだけじゃなく、なぜ僕がこの世で一番賢い人間だというのがあり得ないのか？」

「どこからはじめていいかもわからない」

「まさにそこだよ。きみは極端すぎて現実的じゃないと考えた。自分の知っているだれかが、車で横にすわっているただのふつうのやつが、世界一賢い人間だとは見抜けない。でも、なぜ？」

「だって、そもそもあなたの言う賢いってどういうこと？　わたしよりも学がある？　たぶんね。でも、フェンス作りに関しては？　それとか、人に調子を尋ねるタイミングを心得ていることとか？　人に同情をおぼえることとか、他人とうまくやる方法、人とつながる方法を知っていることとかは？　共感力は頭の良さのうちでも重要な要素でしょう」

「もちろんそうだ」彼は言う。「それもふくめての質問だよ」

「ならいいけど。でもやっぱり、なんて言えばいいのかな。一番賢い人なんているはずがある？」

「いないわけがない。どんなアルゴリズムを作ろうとも、知性の要素をどんなふうに定義しようとも、そうした基準にだれより当てはまる人というのは必ずいるはずだ。だれかしらが世界で一番賢いはずだ。そしてそれはどんなにか重荷だろう。本当に重荷でしかない」

「何が問題なの？　一番賢いひとりがなんなの？」

ジェイクがわずかにこっちに身を傾ける。「この世で一番魅力的なのは、自信と自意識の組み合わせだ。ほどよい匙加減の融合。どっちかが多すぎても台無しになる。それに、きみは正しかった」

「正しかった？　何が？」

「世界一のキス上手の話」彼は言う。「ありがたいことに、ひとりでは世界一のキス上手にはなれない。一番賢い人間になることとはわけがちがう」

彼は自分のほうに体をもどし、ふたたび両手でハンドルをにぎる。わたしは横の窓から外をながめる。

「それから、フェンス作り競争をやりたいと思ったら、いつでも声をかけてくれ」

彼はわたしに最後まで話をさせてくれなかった。教習のあと、わたしはダグにキスはしてない。ジェイクは思い込んだ。わたしがダグにキスしたと思い込んだ。でも、キスをするには、キスを望む人間がふたり必要だ。でないとそれはキスとはべつのものになる。

実際にあったのはこうだ。あのときわたしは車までもどった。窓から身をのりだし、にぎっていた手をひらいて、ダグがくれたキャンディの小さなしわしわの包み紙を見せた。それを広げて読んだ。

わたしの心が、ただわたしの心とその打ち寄せる歌の波が、晴れた日のこの緑の世界にふれたがる。こんにちは！

そのキャンディ包みは今もどこかにある。取っておいたのだ。なぜかはわからない。ダグにその文を読んで聞かせたあと、わたしは背を向けて家に駆けもどった。彼とはそれきり会うことはなかった。

――彼は鍵を持っていた。ここにいる予定はなかったが、鍵を持っていた。なんでもやりたい放題だった。

――休みのあいだにニスを塗りなおす計画だったのでは？

――そのとおりだが、それは休みに入ってすぐに終えた。乾かす時間が取れるようにね。ニスはにおいが強烈なこともある。

――毒性は？

――それも、わたしにはなんとも。直接吸い込めば、そうかもしれない。

――わたしたちはなんらかの解剖の結果を見ることになるんでしょうか。

――わたしは確認できるだろう。

――やはり……惨状でした？

――想像はつくと思う。

――ええ。

――詳しい話は今は避けるべきだろう。

――遺体の近くに呼吸具だかガスマスクだかがあったと聞きました。

――そうだが、古いものだ。今も機能するのかわからない。

――あそこのなかで実際何があったのか、不明なことだらけですね。

――そして、それを教えてくれる唯一の人物は死んだ。

ジェイクは老いについて話をはじめていた。これは予想外だった。今まで話題になったことのないテーマだ。「それはよくある文化的誤解の産物にすぎない」

「でも、年を取るのは悪くないと思ってるんでしょう?」

「ああ。いいことだよ。第一、それは避けられない。若さに対するわれわれの過度の執着のせいで、マイナスなことに思えるだけだ」

「たしかにね。プラスなことだらけよ。でも、自分の少年風の美しい見た目についてはどう思う? それを捨てたっていいのよ。デブでハゲになる覚悟はある?」

「年齢とともに肉体的に失うものがあったとしても、得るものを思えばしょうがない。妥当なトレードオフだ」

「まあね。同感」わたしは言う。「実際、もっと大人になりたいと思ってる。喜んで年を取るわ、本気で」

「白髪(しらが)が少しばかりあってもいいと、僕は前から思ってる。しわもね。笑いじわがほしい。何より僕は、自分らしい自分になりたいんだと思う」彼は言う。「そうなりたい。僕になりたい」

「どうして？」

「自分自身を理解し、他人にどう見られているか認識したい。自分らしくいることに居心地のよさをおぼえられるようになりたい。どんなふうにしてそこにたどりつくかは、あまり重要じゃない、そうだろ？　つまり、なんらかのものがつぎの年に達するっていうことなんだ。意義深いことじゃないか」

「年齢を問わず大勢が結婚にとびついて、どうしようもない関係にしがみつくのは、そのせいだと思う。ひとりでいると居心地が悪いから」

こんなことはジェイクには言えないし、言わないけれど、ひとりでいるほうがたぶんましだ。慣れた日常をなぜわざわざ手放さないといけない？　なぜ、多くのいろんな関係の機会を放棄してまで、ひとつの関係を選ぶのか？　パートナーを作る利点が多いのもわかるけれど、本当にそっちのほうがまし？　シングルでいると、だれかといっしょならどんなふうに人生が上向いて、幸せが増すかということに、わたしは目を向けがちだ。でも、そうなのだろうか？

「ちょっと音をさげてもいい？」わたしは言って、返事を待たずにラジオを調整する。今回車に乗っているあいだだけでも、すでに何度か音量をさげた。するとジェイクは必ずまた大きくする。ちょっと耳が遠いのかもしれない。少なくともときどきは。無意識のいろんな癖とおなじだ——それが出るときもあれば、あまり出ないときもある。

ある夜、わたしは頭が痛かった。わたしたちは電話で話していて、彼がうちに遊びにくることになっていた。わたしは鎮痛剤（アドヴィル）を二錠ほど持ってきてほしいと頼んだ。何度か念押ししたけれど、憶えていてくれる確信はなかった。少し前から出るようになったたちの悪い頭痛だ。きっと彼は忘れるだろうと思った。ジェイクはよく忘れる。ぼんやり教授というお決まりのからかい文句に、彼はちょっと当てはまるかもしれない。

ジェイクがうちに来ても、わたしは薬のことにはふれなかった。来てすぐは。忘れていたとしたら、気まずい思いはさせたくない。彼も何も言わなかった。中身はなんだったか、ふたりで関係のないことを話していると、やがて彼がいきなり〝きみの薬〟と言いだした。

そして片手をポケットに突っ込んだ。脚をのばさないと手がなかに入らなかった。わたしは見守った。

「ほら」と彼は言った。

糸くずだらけのポケットからむきだしの二錠を出したのではなかった。彼は小さく丸めたクリネックスを差しだした。きれいにくるんで一カ所をテープで留めてあった。その包みは、白い大きなハーシーズのキスチョコのように見えた。テープをはがした。なかからわたしの薬が出てきた。全部で三錠。余分が一錠。念のために。

「ありがとう」わたしは言った。水を取りに洗面所にいった。ジェイクには何も言わなかったけれど、その包みはわたしにとってすごく意味があった。そんなふうに薬をくるむなんて。自分用なら、彼はそこまでしなかっただろう。

わたしは少し心を乱され、あらためて考えさせられた。その夜は彼と別れるつもりでいた――たぶん。そう考えていた可能性はある。計画していたわけじゃない。でも、そうなってもおかしくなかった。だけど彼は、わたしの薬をクリネックスで包んだ。

ここぞというときの小さな行為で十分なのだろうか？　小さな行為で、わたしたちは気分がよくなる――自分に対しても、相手に対しても。小さなことで、わたしたちはつながり合う。それがすべてという感じがする。多くのことがそれで変わってくる。宗教や神と似てなくもない。わたしたちは人生への理解を助けてくれる特定の概念を信じる。理解だけでなく、慰めを与えるものとして。一生ひとりの相手と暮らすほうがいいという発想は、もとからあった生存の真理じゃない。わたしたちが真実であってほしいと望む考えなのだ。

独居や独立を手放すことは、わたしたちの多くが気づいている以上のはるかに大きな犠牲だ。住まいや人生を共有することがひとりでいるより大変なのはまちがいない。実際、カップルでの暮らしは現実的に不可能に思えないだろうか。一生涯をともにする相手を見つける？　いっしょに年を取って、変化していく相手。毎日顔を合わせ、機嫌や要求に応えないといけない相手を？

ジェイクがさっき知性を話題にしたのは不思議だ。世界一賢い人間についてのあの質問。わたしがそのことについて考えていたのを知っていたかのよう。そうしたことについて、わたしはずっと考えている。知性とは絶対的にいいものなのだろうか？　わたしには疑問だ。知性が無駄になったら？　知性が充足感よりも孤独を招くとしたら？　生産性や頭の冴えではなく、苦痛や孤立や後悔のもとになるとしたら？　ジェイクの知性、それがいつも気になる。今だけじゃない。しばらく前からそれについて考えている。

最初こそ彼の知性に惹かれたけれど、本格的に付き合うとなったら、それはわたしにとっていいことなのか。もっと知性のない人が相手だと、いっしょに暮らすのは大変なのか、楽なのか。数カ月や数年ではなくて、もっと長期的な話だ。理詰めの考え方や知性は、寛大さや共感とは結びつかない。そんなことはない？　ともかく、ジェイクの知性はそうだ。彼は融通の利かない、直線的で知的な考え方をする人だ。それのおかげで三十年、四十年、五十年とともにする人生が、ますます魅力的なものになるのだろうか？

わたしは彼に顔を向ける。「仕事の現場の話をするのが好きじゃないのは知っているけど、わたしはあなたの研究室を見たことがない。どんな感じなの？」

「というと？」

「あなたの職場はわたしには想像しづらくて」

「ふつうの研究室を思いうかべてみて。だいたい、それとおなじだ」

「薬剤のにおいがするの？　大勢が働いているの？」

「どうだろう。まあそうかな、ふだんはね」

「でも、気が散ったり、集中できなかったりといった問題はない？」

「たいていは平気だ。だれかが電話で話したり笑ったりして、じゃまが入ることはときどきある。たまりかねて〝シーッ〟と言って職場の同僚を黙らせたこともあった。決して気分のいいことじゃないね」

「集中したときのあなたのことは知ってる」

「そういうときは時計の音さえ耳障り（ざわ）りだ」

この車は埃っぽいんだと思う。それとも送風のせいだろうか。とにかく乗っていると目が乾く。わたしは吹き出し口を調整して、風を真下の床に向ける。

「バーチャルツアーをやって」

「研究室の？」

「そう」

「今？」

「運転しながらだってできるでしょう。わたしが仕事中に訪ねていったら、何を見せてくれる？」

しばらくジェイクは無言でいる。フロントガラスごしに正面を見つめている。

「まず、タンパク質結晶学の研究室を案内する」こっちを見ずに言う。

「そう」わたしは言う。「いいわね」

彼の仕事が結晶とタンパク質に関係しているのは知っている。でもその程度だ。あと、ポスドクで論文に取り組んでいるのも知っている。

「サブマイクロリットル量の難生産性組み換えタンパク質を用いて、広範囲の結晶化条件のスクリーニングが可能な、ふたつの自動結晶化ロボットを見せてあげよう」

「ほらね」わたしは言う。「そういう話が好きなの」

本当のことだ。

「三色TIRF、すなわち全反射照明蛍光顕微鏡や、スピニングディスク顕微鏡といった装置を備えた顕微鏡室も、きっと興味深いだろう。それらの装置によって、蛍光標識された単一分子を生体内外でナノメートルの精度で追跡することができるんだ」

「それから？」

「温度管理されたインキュベーターを見せてあげよう。遺伝子操作で目的のタンパク質を過剰発現するようにした酵母（こうぼ）や大腸菌の培養液を大量に、二十リットル以上も培養している」

話している彼の顔、首、手を、わたしは観察する。そうせずにはいられない。

「うちのふたつのシステム——AKTA FPLC、高速タンパク質液体クロマトグラフィ——を見せてあげよう。アフィニティ、イオン交換、ゲル濾過（ろか）クロマトグラフィのあらゆる組み合わせにより、あらゆるタンパク質を迅速かつ正確に精製できる」

運転している彼にキスしたいと思う。

「それから特定の遺伝子のトランスフェクションのため、もしくは細胞溶解液を得るため、さまざまな哺乳（ほにゅう）動物細胞株を培養、保存している組織培養室に案内して……」

彼はそこでやめる。

「つづけて」わたしは言う「そのあとは？」

「そのあとは、きみが退屈して帰りたそうなのを察する」

なんなら今ここで言ってもいい。車内にふたりきり。これ以上のタイミングはない。わたしは付き合いというものについて、自分にとってどうか、自分にはいったいどんな意味があるのかという視点からだけ考えていたと打ち明けてもいい。付き合いというのはふたつに切り分けて理解できる性質のものではないので、そういうわたしの考え方はおかしいかと訊いてみてもいい。または真正直に〝もう終わりにしようと思ってる〟と言うこともできる。でもわたしは言わない。どれも言わない。

彼の両親に会いにいって、彼の生まれ育った場所を見る。たぶんそれが今後についての決断を助けてくれるだろう。

「ありがとう」わたしは言う。「案内してくれて」

運転している彼を見つめる。今は。ゆるくカールしたくしゃくしゃの髪。妙に真っすぐなすわり姿勢。あの三錠の小さな薬のことを思う。それがすべてを変える。わたしのために包んでくれたのは、とてもすてきなことだった。

出会ってまだ二週間のころ、ジェイクは二晩、街を離れた。わたしたちは知り合って以来ほぼ毎日、会うか話すかしていた。向こうからは電話。こっちからは携帯のメール。でも、彼がメール嫌いなのはもうわかった。送ってくるのは一文か、せいぜい二文まで。やり取りがそれ以上つづくと電話をかけてくる。彼はしゃべったり話を聞いたりするのが好きらしい。対話に価値を置いているのだ。

彼が留守にしたその二日間、またひとりにもどるのは不思議な感覚だった。前は慣れっこだったのに、今となっては物足りない。彼が恋しかった。だれかといっしょにいるのが恋しかった。陳腐な言い方かもしれないけど、自分の一部がなくなった感じがした。

他人を知るのは終わりのないパズルをいっしょに組み立てるのと似ている。まずは一番小さなピースからはじめ、その過程で自分たちのことをより深く知る。わたしがジェイクについて知る細かなこと――肉の焼き加減はウェルダンが好きで、外ではトイレを使おうとせず、歯にはさまった食べかすを食後に爪で取る人が大嫌いだということ――は、時間をかけてようやくあらわれる大きな真実とくらべると、取るに足りないどうでもいいことだ。

これまでひとりの時期がとても長かったわたしは、ジェイクを熟知している気になりかけていた。本当によく知っている気に。ジェイクとわたしのようにたった二週間でもずっと会っていると、だんだん、なんて言ったらいいか……濃い感じがしてくる。実際、濃かった。その最初の二週間は、いっしょにいないときも四六時中彼のことを考えていた。わたしたちは床にすわって、またはソファでごろごろしながら、またはベッドのなかで、たくさん話し込んだ。何時間でも話していられた。どちらかがある話題をはじめ、もう一方がその話題を引き継ぐ。たがいに質問をぶつけ合う。話し合い、議論する。同意にいたることが必ずしも大切なのではなかった。質問はまたべつの質問を呼んだ。朝まで語り明かしたことも一度あった。ジェイクは過去に出会っただれともちがった。わたしたちの絆は唯一無二のもの。過去形じゃない。今でもそう思う。

「ぎりぎりのバランスの回復」ジェイクが言う。「最近、職場でわれわれはそのことについて考えている。どんなものにおいても、ぎりぎりのバランスが必要だ。こないだの晩、僕はベッドのなかでそれについて考えていた。すべてのものはとても……繊細だ。たとえば、代謝性アルカローシスなんかを取ってみてもね。つまり組織のｐＨレベルの微少な上昇のことで、水素濃度のわずかな低下と関係している。とにかく……ものすごく微妙なんだ。これはほんの一例だが、極めて重大だろう。こういう例がほかにもたくさんある。すべてのものは、あり得ないほど壊れやすいんだ」

「多くのものが、そうね」わたしは言う。わたしが考えていたものも全部おなじだ。

「流れが体をめぐる日がときどきある。僕のなかにはエネルギーがある。きみにもだ。

注目に値することだよ。意味がわかるだろうか？　取り留めがなくて悪いね」

わたしは靴を脱いで前のダッシュボードに両足をあげている。シートに深くもたれて。今にもうとうとしそう。道路を走るタイヤのリズムや振動のせいだ。ドライブはわたしにそんな麻酔効果をもたらす。

「流れっていうのは、どういう意味？」わたしは目を閉じて尋ねる。

「そういう感覚ってこと。僕ときみ」彼は言う。「流動の独特の速度を感じる」

「鬱とか、そういうのになったことはある？」わたしは尋ねる。

わたしたちは今、進路を変えた。大事な岐路だったよう。しばらくおなじ道を走っていた。信号ではなく一時停止の標識のところをまがった。左へ。このあたりまで来ると信号は見かけない。

「ごめん、唐突だったね。ちょっと考えてて」

「何を？」

わたしの人生は長年のあいだ活気がなかった。ほかになんて表現していいかわからない。これまでは自分に認めたこともなかった。わたしは鬱じゃない。ちがうと思う。言いたいのはそういうこととはちがう。とにかく活気がなくてやる気が起こらない。多くのものがたまたまで余計で適当に感じられた。奥行きに欠けていた。何かが足りないような感じだ。

「ときどき、はっきりした理由もなく悲しい気分になるの」わたしは言う。「そういうことって、ある？」

「いや、とくにはないと思うね」彼は言う。「僕は子供のころは不安だった」

「不安？」

「そう、どうでもいいことでよく不安になった。たとえば知らない人のことなんかでも不安になる。いつも眠れなかった。よくお腹が痛くなった」

「何歳ごろのこと？」

「小さいころ。八歳か九歳か。ひどいときは、母が〝子供のお茶〟と呼ぶ飲み物を作ってくれた。ただの砂糖入りの牛乳だけどね。そして、いっしょにすわって話をするんだ」

「何について？」

「だいたいは僕が不安がっている事柄について」

「具体的に憶えてる？」

「死ぬのが怖かったことはないけど、家族のだれかが死ぬのが心配だった。ほとんどは抽象的な不安だ。一時期は、手足の一本が取れるんじゃないかと心配してた」

「まさか」

「本当だよ。うちは農場で羊を飼ってた。羊が産まれて一日二日すると、父は尻尾に特殊なゴムの輪を取りつける。すごくきつくて血がいかなくなるんだ。何日かすると、尻尾がぽろっと取れる。羊は痛みを感じない。何が起きているかさえ気づいてない。

子供のころ放牧地に出ていくと、ときどき取れた子羊の尻尾が落ちていた。僕はおなじことが自分にも起きるんじゃないかと心配するようになった。シャツの袖口や靴下がほんのいくらかきつすぎたらどうなる。靴下をはいたまま寝て、夜中に目覚めたら足が取れていたなんてことになったらどうしようってね。そして今度は何が重要なのかとという心配までするようになった。たとえば、なぜ羊にとって尻尾は重要な部分ではないのか。自分のどれだけが取れたら、重要な部分も失われることになるのか、とか」

「不安になるのは理解できる」

「ごめん。質問に対して長々と答えてしまったね。つまり答えはノーで、僕は鬱じゃない」

「でも悲しくなることはある？」

「もちろん」

「それはなぜ――何がちがうの？」

「鬱は深刻な病だ。肉体的につらいし、消耗する。それに、癌を気力で克服できないのといっしょで、鬱を気力で乗り越えることはできない。悲しいのは人の日常的な状態で、幸せとなんら変わりはない。幸せを病気と考える人はいないだろう。悲しみと幸せは、たがいを必要とする。つまり、たがいがあってこそ、それぞれが存在できるんだ」

「鬱ではないにしても、幸せじゃない人が最近は増えているような気がする。そう思わない？」

「そこまで言えるかはわからない。たしかに、悲しみとか自己不全感とかについて深く考える機会は増えているようには思う。あと、つねに幸せでいないといけないというプレッシャーもある。そんなことは不可能だ」

「そのことが言いたいの。わたしたちは悲しい時代に生きている、それがわたしには理解できないの。なぜなの？　むかしより今のほうが悲しい人が多くいるということ？」

「食事制限と激しい運動で自分の体形に応じたカロリー数をいかにして消費するかが、日々の最大の関心事という学生や教授が――大げさじゃなく――大学にはたくさんいる。人類史の流れのなかで考えてごらんよ。それこそ悲しいじゃないか。

　現代という世のなか、それに今の価値観のせいなんだろう。道徳観の変化とか。全体として思いやりが欠けているんだろうか。他人に対する関心が。つながりに対する関心が。全部は関連している。自分より偉大なものとの結びつきを感じられなければ、自負心や目的をどうやって得られるんだ？　考えれば考えるほど、幸せや充足感は他者の存在に依存するんだと思えてくる。たったひとりの他者でもいい。悲しみには幸せが必要で、その逆もまた真であるのとおなじだ。孤独というのは……」

「言いたいことはわかる」わたしは言う。

「哲学の一年目で教えられるむかしからの例がある。文脈についての話だ。すなわち、トッドの部屋には赤い葉をした小さな植木がある。彼はその見た目が気に入らず、家のほかの植木とおなじ姿にしたいと思う。そこで、葉の一枚一枚をていねいに緑色に塗った。塗料が乾いてしまえば、もう塗ったとはわからない。ちゃんと緑色に見える。話についてきてる？」

「ええ」

「翌日、友人から電話が入る。彼女は植物学者で、何かの試験をしたいので緑の植木があれば貸してほしいと言う。トッドはだめだと答える。あくる日、芸術家のまたべつの友人が電話をかけてきて、新作の絵のモデルに使いたいので、緑の植木があれば貸してほしいと言う。トッドはいいよと答える。トッドは二度おなじことを尋ねられて正反対の答えを言ったが、彼はそのつど正直だった」

「言ってることはわかる」

もう一度道をまがる。今度は全方向一時停止の十字路で。

「人生、存在、人、付き合い、仕事、そういう文脈においては、悲しいことは、ひとつの正しい答えのように僕には思えるね。誠実な答えだ。両方ともが正しい答えなんだ。人はつねに幸せであるべきで、幸せそれ自体が目的だ、そう自分に言い聞かせるほど、結局状況はひどくなる。ところで、これはオリジナルの考えでもなんでもない。今は賢いところを見せようとしているわけじゃないからね。僕らはおしゃべりしているだけだ」

「わたしたちは意思疎通している」わたしは答える。「わたしたちは考えている」

わたしのバッグで電話が鳴って、静寂が破られる。またた。

「ごめん」わたしは言って、電話に手をのばす。画面には自分の番号が表示されている。

「また友達がかけてきた」

「さすがに出たほうがいいと思うけど」

「話したい気分じゃないの。そのうち向こうもあきらめるでしょ。どうせたいした用事じゃないから」

電話をバッグにしまうが、通知音が鳴ってもう一度手に取る。新しいメッセージが二件。今はラジオの音が大きいのがありがたい。ジェイクに内容を聞かれたくはない。ところが〈電話の人〉は、最初のメッセージには何も吹き込んでいない。雑音や背景音や水の流れる音だけが聞こえる。二件目のメッセージではさらに水の流れる音がつづき、それにくわえて本人の歩く音がする。足音、そして蝶番のきしむような音。ドアが閉まろうとしている。彼だ。そうにちがいない。

「大事な用件？」ジェイクが尋ねる。

「ちがう」わたしはできるだけさりげなく応じるが、顔が火照るのがわかる。

家に帰ったらいよいよこの件に向き合って、〈電話の人〉のことをだれかしらに話さないといけないだろう。でも、もし今ジェイクに何か言うとすれば、これまで嘘をついていたことも打ち明けないとならなくなる。このままというわけにはいかない。こんなことは。もうこれ以上。水の流れる音はつづいている。なぜわたしにこんなことをするのか、よくわからない。

「本当に？　大事な用じゃないって？　メールではなく、たてつづけに二度も電話してきたんだ。重要なことに思えるけど」

「大げさに騒ぐときってあるでしょう」わたしは言う。「彼女とはあした話す。どっちみちそろそろ電池切れになりそうだから」

ジェイクの前の彼女は、たぶんべつの学部の大学院生だった。姿を見かけたことがある。運動好きの金髪のかわいい子。ランニングをするような人。付き合っていたのはまちがいない。今も友達だと本人も言っている。深い友達じゃない。いっしょに出かけることはない。といってもわたしたちがパブで会う一週間前にも、ふたりでコーヒーを飲んだらしい。妬いているように聞こえるかもしれない。でもちがう。興味があるだけ。それにわたしはランニングはしない。

変かもしれないけれど、彼女と話がしてみたい。ポットのお茶をはさんで、ジェイクのことを尋ねたい。ふたりがデートするようになった理由を知りたい。彼の何に惹かれたのか。なぜ長つづきしなかったのか。終わらせたのは彼女か、それともジェイクのほうからなのか。もし彼女なら、いつごろから終わりにしようと考えていたのか。新しい恋人の元カノとしゃべるのは合理的なことに思えるのだけど？

彼女についてはは本人にも何度か訊いてみた。ジェイクは恥ずかしがりだ。多くを語らない。ふたりの関係は長くもなく、そんな真剣なものでもなかったと言うだけ。だからこそ彼女と話がしたい。そっちの立場からの話を聞くために。

ここは見わたすかぎり何もない田舎で、わたしたちは車にふたりきり。またとないタイミングだ。

「それで、どんなふうに終わったの？」わたしは言う。「前の彼女とは」

「ろくにはじまってもいなかった」彼が言う。「たいした付き合いじゃなかったし、一時のことだった」

「でも、そう思って付き合いはじめたわけじゃないでしょう？」

「付き合いはじめたときも、終わったときに劣らず真剣じゃなかった」

「なんで長つづきしなかったの？」

「本物じゃなかった」

「どうしてわかるの？」

「わかるものはわかる」彼は言う。

「でも、本物の付き合いに発展したときには、どうしたらわかる？」

「一般的な話？　それとも具体的に当時のこと？」

「当時のこと」

「相手に依存するところがなかった。依存があるということは真剣だということだ」

「賛成できるかわからない」わたしは言う。「じゃあ本物については？　これは本物だって、どうしたらわかるの？」

「本物とは何か」彼は言う。「失うものが大きいとき、それに何かが懸かっているときは本物だ」

しばらくのあいだ、わたしたちは無言でいる。

「通りの向こうに住んでる女性の話をしたのを憶えてる？」わたしは言う。

もう農場のだいぶそばまで来ているにちがいない。ジェイクはそうとは言わないけれどすでに長いこと走った。二時間近くはたってるはずだ。

「だれのこと？」

「通りの向かいのおばさん。憶えてる？」

「ああ、たぶんね」彼は適当に応じる。

「夫と寝るのをやめたっていう話をしたがったおばさん」

「ふうん」

「セックスしないという意味じゃない。いっしょのベッドで夜寝るのをやめたということ。夜の安眠はひとつのベッドで寝るどんなメリットにも勝ると、夫婦のふたりともが考えたの。それぞれ自分だけの寝場所がほしくてね。相手のいびきを聞かされたり、寝返りを感じたりしたくないでしょう。夫は相当迷惑ないびきかきだったそうよ」

とても悲しいことだとわたしは思う。

「一方が安眠の妨害になるなら、ばらばらに寝ることも選択肢だろうね」

「そう思う？　人間は人生のほぼ半分を眠って過ごすのよ」

「むしろそれは、最善の睡眠環境を模索するのがベストだということの論拠になるだろう。選択肢になる、僕はそう言っているだけだ」

「でも、人はただ眠ってるだけじゃない。相手の存在に気づいている」

「眠ってるだけだ」彼は譲らない。

「眠ってるだけなんてときはないの」わたしは言う。「睡眠中だって」

「言っていることについてけないな」

ジェイクはウィンカーを出して左折する。今度の道はさらに細い。まちがっても主要道路じゃない。田舎道だ。

「いっしょに寝てるとき、わたしに気づいてないの？」

「さあ、わからない。僕は寝てる」

「わたしはあなたに気づいてる」わたしは言う。

二日前の夜は眠れなかった。毎度ながら。ここ何週間か、わたしはあれこれ考えすぎている。ジェイクは三晩つづけて泊まった。じつはわたしは人と寝るのが好き。だれかのとなりで寝るのが。ジェイクはいびきもかかずに寝入っていたけれど、まちがいなく近くから寝息がした。すぐ横から。

わたしが望んでいるのは、自分をだれかに知ってもらうことなのだと思う。本当によく知ること。ほかのだれよりも、もしかしたら、わたし本人よりもわたしをよく知ること。わたしたちが人と真剣な関係を結ぶのは、それが理由なのでは？　セックスのためじゃない。セックスのためなら、ひとりと結婚したりしない。新しい相手を求めつづけるはずだ。真剣な関係を結ぶのにはいろんな理由があるだろうけど、考えれば考えるほど、長いスパンの関係というのは他人を知るためのものではないかと思えてくる。わたしはだれかに自分を知ってもらいたい。わたしの考えのなかに入り込むくらい、本当に知ってもらいたい。それはどんな気分だろう。自分以外の人の頭に入り込めて、中身がどんなか知るというのは。だれかに頼り、頼られるというのは。そのつながりは、親子の絆みたいな生物学的なものとはちがう。選んだうえでの関係だ。生物学や遺伝的共有に基づく関係よりも、何かもっとすばらしくて得がたいもののはず。

そういうことなんだと思う。そういうとき、この関係は本物だとわかるんだろう。以前はつながりのなかった相手が、そんなことはできないし無理だと思っていたくらいに自分を知ってくれるとき。

気に入った。

その晩わたしはベッドでジェイクのほうを見た。彼はとても安らかで、子供っぽかった。小さく見えた。寝ているあいだは、ストレスも緊張も影をひそめる。歯ぎしりはしない。まぶたが引くつくこともない。いつもとてもぐっすり眠る。寝ているときは別人のよう。

日中、起きているときはいつも底にある熱気、ふつふつと沸くエネルギーが奥から感じられる。引きつりや痙攣（けいれん）のような小さな動きをよく見せる。

でも他者とつながってなくて、他者の存在や評価で薄められてないひとりのときこそ、本来の自分の姿にもっとも近いのでは？　わたしたちは他人や友人や家族と関係を築く。それはいい。そういう関係は愛とちがって束縛はしない。同時に恋人をとっかえひっかえすることだってできる。だけど自分に焦点をあてて自分を知ることができるのは、ひとりでいるときだけだ。そうした孤独なしに、わたしたちはどうやって己を知ることができる？　眠っている以外のときにも。

きっとジェイクとはうまくいかない。たぶんわたしは、もう終わりにする。ひとつ解せないのは、期限なしの真剣な関係を試してみようとする人の多さ、それが先々までうまくいくと信じている人の数の多さだ。ジェイクは悪い人じゃない。まったく問題はない。大半の結婚は長つづきしないというデータを示されてもなお、人々は結婚がふつうの人間のあり方だと考えている。多くの人は結婚を望んでいる。こんな成功率が低いのにみんながこぞってやりたがる物事が、結婚のほかにある？

前にジェイクが教えてくれたのだけど、彼は研究室の机に自分の写真を一枚置いているそうだ。あるのはその一枚だけ。五歳だったころの写真だ。彼は金髪の巻き毛に、丸いほっぺをしていた。丸いほっぺをしていたころがあったなんて。その一枚を、彼は気に入っているという。写っているのは自分だけど、今の自分は物理的には写真のその子とはすっかり別人だとの理由で。見た目が別人というだけでなく、写真に写っている細胞は全部死んで捨てられて、新しい細胞に置き換わった、ということらしい。彼は今では文字どおりの別人だ。となると一貫性はどこにあるのだろう？　物理的にまったく別人なら、自分に小さいときがあったことをなぜ今も認識できるのだろう。彼ならまた例のタンパク質がどうのと言いだすにちがいない。

人間関係とおなじで、わたしたちの身体構造もまた変化しくり返し、くたびれて萎れ、老いて果てる。わたしたちは病気になり回復し、または病気になり悪化する。いつ、どんなふうに、なんの理由でかはわからない。わたしたちはとにかく進みつづける。

パートナーを作るほうがいいのか、ひとりのほうがいいのか？

三日前の夜、死んだように寝ているジェイクの横で、わたしはブラインドの隙間から光が射してくるのを待った。このごろあたりまえのようになったこんな眠れない夜には、ランプみたいに頭のスイッチを消せればいいのにといつも思う。わたしのコンピュータみたいにシャットダウンのコマンドがあればいいのに、と。時計はしばらく見ていなかった。わたしは考え、自分もみんなみたいに眠れればと願いながら横になっていた。

「もうすぐだよ」ジェイクが言う。「あと五分でつく」

わたしは身を起こし、両腕をあげてのびをする。そしてあくび。「あっという間だった」わたしは言う。「お招きありがとう」

「来てくれてありがとう」それから不可解なことに彼は言う。「それに失われるおそれがあるときも、これは本物だとわかる」

──遺体はクローゼットのなかから発見された。

──本当ですか？

──ああ。小さなクローゼットだ。シャツや上着や靴なんかがやっと入るような。遺体はなかに押し込められていた。扉は閉めてあった。

──聞いていて悲しくなります。それに腹が立つ。

──なぜ人に助けを求めなかったのかって？　相談するなどして。同僚だっていた。人のいない職場で働いていたわけじゃない。周囲にはいつだって人がいた。

──本当ですよ。こんなことが起きる必要はなかった。

──そのとおりだ。

——彼の経歴についてはだいたいわかっているんですか?

——そこまでじゃない。賢くて学があった。いろんなことを知っていた。むかしはべつの職業についていた。たしか博士号レベルの学術的な仕事だったと思う。それが長つづきせず、結局ここに流れついた。

——結婚はしてなかったんでしょうね。

——ああ。妻もいない。子もいない。だれもいない。あんなふうに完全に孤立した生き方をしている人間は、最近じゃめったにいないだろう。

農場までの私道はでこぼこ道で、進みがのろく時間がかかる。両側には木が植わっている。わたしたちは一分ほど揺られながら進む。タイヤの下で砂利と土がこすれる音がする。

私道の先にあるのは石造りの家だ。ここからだとそれほど大きくは見えない。片側に手すりのついた木のデッキがある。わたしたちは家の右側に駐車する。ほかに車は見あたらない。彼の両親は車を持ってないのだろうか？　ジェイクがキッチンだと言う場所からは光がもれている。そこ以外、家は真っ暗だ。

車を降りて真っ先に煙のにおいがしたので、なかには薪(まき)ストーブがあるにちがいない。むかしはすてきな場所だったんだろうが、今はいくらかくたびれている。窓の台や枠はペンキが剝(は)げているし、ポーチは全体的に腐りかけている。上から吊ってあるベンチは、錆びてぼろぼろだ。

「家にはまだ入りたくない」ジェイクが言う。わたしはもう家のほうへ何歩か歩きだしていた。足を止めてふり返る。「車ですわりっぱなしだったからね。まずはひとまわり散歩しよう」

「ちょっと暗すぎない？　ほとんど何も見えないと思うけど」

「じゃあ、せめて少し空気にあたろう」彼は言う。「今夜は星は出てないけど、晴れた夏の夜はすばらしいんだ。都会の三倍は明るい。むかしは星空が大好きだった。それに雲も。今もよく憶えてるけど、湿気のある午後に外に出ると、雲はとてつもなく大きくてやわらかそうに見えるんだ。空をゆったり横切るさまや、ひとつひとつに個性があるところが好きだった。ばかみたいだよな。ただ雲を見ているなんて。今も見えればよかったんだが」

「ばかなんかじゃない」わたしは言う。「全然。そういうのに気づけるのって、すてきじゃない。たいていの人は気づかないわ」

「むかしはつねにそういうものに気がついた。木とかね。たぶん今はもうそれほどじゃない。いつから変わったんだろう。それはともかく、こんなふうに雪がざくざくするときは、ものすごく冷え込んでるんだ。雪玉作り向きの湿った雪じゃない」前を歩きながらジェイクが言う。手袋があればよかったのにと思う。彼の手は真っ赤だ。今歩いている家畜小屋までの石の道は、でこぼこでくずれている。わたしは新鮮な空気は嫌いではないけれど、今の空気は新鮮でも清々しくもなく、氷のようだ。足はかじかんでいる。彼は真っ先に家に入って両親に挨拶したがるものと思っていた。そう予想していた。わたしはあたたかいズボンをはいてない。タイツもはいてない。ジェイクは〝案内ツアーの短縮版〟というものをしてくれている。

　荒れた天気の晩というのは、地所探索をするのには変わったタイミングだ。本当にわたしに見せたがっているというのがわかる。彼はあそこがりんご園で、あそこは夏に野菜畑になると場所を指し示す。わたしたちは古い家畜小屋までやってくる。

「なかに羊がいる」彼が言う。「たぶん一時間前に父が穀物の餌を与えているはずだ」

　上半分がひらく横長の扉のほうへわたしを誘導する。いっしょになかに入る。薄暗いながらにどうにか輪郭がわかる。ほとんどの羊は横たわっている。何かをむしゃむしゃ噛んでいる羊もいるようだ。音でわかる。羊は寒さでかたまって生気がなく、吐いた息がそれぞれの周囲に浮かんでいる。わたしたちのことをぼんやり見ている。家畜小屋は合板の薄壁に木の柱という作り。屋根としてのっているのは板金の一種で、たぶんアルミ製だろうか。壁はところどころにひび割れがあり、穴があいている。長時間過ごすには陰気な場所に見える。

想像していた家畜小屋とはちがった。もちろん、そのことはジェイクには言わない。ここは陰気だ。それにくさい。

「反芻（はんすう）の音だよ」ジェイクが言う。「羊は始終あれをやる。嚙んでるんだ」

「反芻？」

「半分消化された食べ物を口にもどして、ガムみたいに嚙む。夜のこの時間はその吐きもどしが見られるのがせいぜいで、ほかにあまり面白いものはないな」

ジェイクは無言でわたしを家畜小屋から連れだす。外には反芻や絶え間ない咀嚼音（そしゃくおん）よりはるかに心乱すものがある。壁に立てかけた死骸が二体。羊毛で覆われた死骸が二体。だらりとした生気のない死骸が、二体重ねて家畜小屋の横の壁にもたせかけてある。そんなものを目にするとは思わなかった。流血も血の凝固もなく、蠅（はえ）もなく、においもなく、命ある存在だったことを示すものがまるでなくて、腐敗の気配すらない。有機的な何かでなく、人工物だとしてもおかしくないほどだった。

わたしはじっと見ていたいと思うと同時に、遠くに逃げたいと思う。死んだ子羊を見るのは初めてだ。にんにくとローズマリーといっしょに皿に盛られているものはべつにして。死にも度合いがあるらしいと、わたしはおそらく初めて思いいたる。どんなものにも度合いがあるのとおなじで――生、恋愛、献身、確信。子羊たちは夢遊病者のように生きているのではない。意欲を喪失しているのでも病気でもない。あきらめることを考えているのでもない。尾のない子羊たちは死んでいる。このうえなく死んでいる。十割十分、死んでいる。

「この子羊たちはどうなるの？」前を歩いて家畜小屋から離れようとしているジェイクに、わたしは呼びかける。どうやらお腹がすいてきたようで、早く家に入りたいのだ。風も強くなってきた。

「なんだって？」彼が肩ごしに叫ぶ。「あの死んでるやつのこと？」

「そう」

ジェイクは答えない。どんどん歩きつづける。

わたしはそれ以上何を言っていいかわからない。なぜ彼は死んだ子羊について何もコメントしなかったのだろう。わたしはあれを見た。なかったことにしたいけれど、見てしまった以上無理だ。

「これからどうにかされるの？」わたしは尋ねる。

「さあね。どういう意味？　二匹はもう死んでいる」

「あのまま放置されるのか、それとも土に埋められたりするのか」

「たぶんそのうち燃やすんだろう。焚(た)き火で。春になって、もっとあったかくなったら」ジェイクは相変わらず前を歩きつづけている。「どうせ今は凍ってる」あの子羊たちは生きた健康な子羊とそれほどちがって見えなかった。少なくともわたしの頭のなかでは。だけど二匹は死んでいる。生きた健康な子羊ととても似たところもありながら、ものすごくちがうところもある。

すべって転ばないように気をつけながら、わたしはジェイクに追いつこうと小走りする。家畜小屋からはもうだいぶ遠ざかり、ふり返ると、二匹の子羊はひとつの命のない物体に見える。ひとまとまりの何か——壁に立てかけられた穀物の袋のよう。

「おいで」彼が言う。「豚を飼ってたむかしの囲いを見せてあげよう。豚はもういない。手がかかりすぎた」

彼が立ち止まるまで細道をあとからついていく。囲いは数年前から手つかずのまま放置されていたように見える。そんな印象だ。豚はもういないのに囲いだけまだ残っている。

「豚はどうなったの？」

「最後の二頭はかなり年寄りで、もうあまり動きまわりもしなかった」彼は言う。「殺処分するしかなかった」

「その後、新しい豚とか赤ちゃんを仕入れることはなかったの？　子豚を。ふつうは、そんなふうにまわしていくものでしょう?」

「場合によってはね。ただうちは、新たに仕入れることはなかったんじゃないかな。手がかかるし、維持に金がかかる」

遠慮すべきだったかもしれないがわたしは興味を抑えられない。「どうして豚を殺さないといけなかったの?」

「農場とはそういうところだ。楽しいことばかりじゃない」

「そうだけど、豚は病気だったの?」

彼がふり返って、じっとわたしを見る。「べつにいいじゃないか。きみが真相を気に入るとは思えない」

「いいから教えて。知りたいの」

「こういう田舎の農場は苦労がつきものだ。仕事だから。うちの両親は、数日間、柵の内側に入って豚を確認することをしなかった。囲いの外から餌をただ投げ込んでいたんだ。来る日も来る日も豚が隅のおなじ場所で寝てるんで、そのうちに父はちゃんと確認したほうがよさそうだと考えた。柵のなかに入ってみると、豚は調子がいいようには見えなかった。どこか不快げだった。

父は豚を動かしてみたほうがいいと思った。そして一頭目を持ちあげながら、うしろにひっくり返りそうになった。それでも、持ちあげた。持ちあげてひっくり返した。すると腹に大量の蛆がびっしりたかっていたんだ。何千匹という蛆がね。下側全体が動く米粒で覆われているようだった。二頭目は一頭目よりもっとひどかった。豚は二頭とも、文字どおり生きながらにして食われてたんだ。内側から。しかも、遠くから見ているかぎり全然わからない。遠目には、豚は満足してくつろいでいるように見えた。間近で見ると、まるでちがうことになっていた。言っただろう。人生は楽しいことばかりじゃないんだ」

「ひどい話」

「豚は年取って、たぶん免疫系がだめになってた。感染症を起こす。そして腐敗する。結局、豚は豚だ。汚物にまみれて生きている。おそらく元になったのは片方が負ったちょっとした切り傷で、蠅がその傷に止まったんだろう。ともかく、父は豚を殺さないといけなかった。それしか選択肢はなかった」

ジェイクはわたしを外に出し、雪をざくざく踏みしめながらふたたび歩きだす。少しでも雪の踏みかためられたその足跡の上を、わたしはどうにかたどろうとする。

「かわいそうに」わたしは言う。でも理解できる。本当に。殺して、悲惨な状況から救ってやらないといけなかった。そんな苦しみは耐えられるものじゃない。究極的手段しか解決策はないとしても。二匹の子羊。豚。本当に選択の余地はなかったんだと思う。もう仕方がない。それまで耐えてきたことを思うと、そんなふうに逝くことができて、動物たちは幸運だった。少なくとも苦しみの一部から解放されたのだ。

　凍った子羊とはちがい、ジェイクがわたしの脳裏に植えつけた豚の映像には、平穏で安らかなところはどこにもない。そこからわたしは思う。苦痛が死とともに終わらないとしたら？　どうしたらわかるだろう？　何もましにならないとしたら？　死が逃げ道でなかったら？　蛆の餌食としてひたすら貪られ、それを感じつづけるとしたら？　その可能性にわたしは怖くなる。

「鶏も見てもらわないとな」ジェイクが言う。

　鶏小屋の前までやってくる。ジェイクが入り口の掛け金をはずし、わたしたちは頭を低くしてなかに入る。鶏はすでにねぐらについているので、ここではあまり長居はしない。といってもわたしが凍っていないゆるい糞を踏んづけ、悪臭を嗅ぎ、まだ起きている最後の一羽が自分の卵を食べるのを目撃するだけの時間はあった。家畜小屋だけじゃない――どの場所も独特のにおいがする。ここは不気味だ。鶏が一羽残らず細いレールに止まって、こっちを見ている。わたしたちの存在に対し、鶏は羊たちよりも不満げに見える。

「ときどきああやって、食べるんだ。卵が回収されないと」ジェイクが言う。

「ぞっとする」それ以外の言葉が出てこない。「ここにはご近所さんはいないんでしょう?」

「あんまりね。ご近所さんの定義にもよるけど」

鶏小屋をあとにし、わたしは鼻からにおいを追いだせてほっとする。

寒さをよけるためにあごを胸に押しつけ、家の裏側をぐるっとまわって進む。今では道をはずれて雪かきしてない場所を適当に歩いている。わたしはここまで空腹をおぼえることは、ふだんはない。お腹がぺこぺこだ。顔をあげると、家の二階の窓辺に人の姿が見える。立ってこっちを見おろしている、痩せた人影。真っすぐの長い髪をした女性。わたしは鼻の頭が冷えきっている。

「あれはお母さん?」手を振ってみる。反応はない。

「たぶん向こうからは見えないよ。ここは暗いから」

足首までの雪のなかをわたしたちが苦労して歩くあいだも、彼女は窓辺から動かない。

手も足も感覚がない。頬は真っ赤だ。わたしはなかに入れてほっとする。両手に息を吹きかけてあたためながら、ジェイクと扉をくぐって小さな玄関に足を踏み入れる。夕食のにおいがする。何かのお肉だ。それに、さっき嗅いだ木の燃えるにおいと、それぞれどの家にもある固有のにおい。住んでいる本人たちが気づくことのないにおいだ。

ジェイクがただいまと叫ぶ。お父さんから——彼のお父さんにちがいない——今、下にいくと返事がある。ジェイクは少しそわそわしているようで、ほとんど落ち着きがない。

「室内履きはいらない？」彼が尋ねる。「少し大きすぎるかもしれないけど、古い床は底冷えがする」

「ありがとう」わたしは言う。「使わせてもらうわ」

ジェイクはドアの左側にある、帽子やマフラーの入った木箱を掘り返して、よれた青い室内履きを見つけだす。

「僕がむかし使ってたやつだ」彼は言う。「ここにあるのはわかってた。見た目はぱっとしないが、その分あったかいよ」

彼は両手で持って点検する。まるで抱いてあやしているよう。

「この室内履きが大好きでね」わたしというより自分に言う。ため息をついて、室内履きをわたしによこす。

「ありがとう」わたしは履くべきか迷いながら言う。結局、履くことにする。足に合う感じはしない。

「さあ、こっちだ」ジェイクが言う。

敷居をまたいで左側の小さな客間に入る。なかは暗くて、いっしょに移動しながらジェイクがランプのスイッチをひねっていく。

「ご両親は何してるの？」

「今おりてくるよ」

わたしたちは広い部屋に入る。居間だ。外とはちがい、家のなかはわたしが想像していたものにいくらか近い。代々受け継がれた家具、絨毯（じゅうたん）、たくさんの木のテーブルと椅子。家具や小物はどれも独特だ。装飾は――批判するつもりはないけれど――ちぐはぐなものだらけ。そしてすべてがアンティーク調。二十年以内に新たに買われたものは、ここにはひとつもない。それはそれで魅力的かもしれない。何十年か前の時代に入り込んだような感覚がする。

流れる音楽もまた、その時間旅行の感覚をさらに強める。たぶんハンク・ウィリアムズ。ビル・モンローかもしれない。それともジョニー・キャッシュ？　レコードのようだが出どころは見えない。

「寝室は二階にある」ジェイクがそう言って居間の外の階段を指さす。「上にあるのはその程度だ。食事が終わったら案内するよ。質素な場所だと言っただろう。古い家だ」

　まさにそのとおり。何もかもが古い。でも驚くほどきれいで片づいている。サイドテーブルには埃ひとつない。クッションは汚れても裂けてもいない。古い農家の母屋なら、多少の埃があってもよさそうなのに。ソファや椅子には、綿くずも、動物の毛も、糸もついていない。壁はたくさんの絵やスケッチで埋めつくされている。額入りのものはほとんどない。絵は大きい。スケッチは大小さまざまながら、だいたいは小さめだ。この部屋にはテレビもコンピュータもない。たくさんのランプ。それに蠟燭。ジェイクはついていない一本ずつに明かりをともしていく。

　飾り物の人形を集めているのは、お母さんにちがいない。多くは凝った装飾の服に帽子にブーツという姿の、小さな子供たちだ。磁器でできているのだと思う。花を摘んでいる人形。干し草を運んでいる人形。何をしているにせよ、人形たちはそれを永遠にやりつづける。

　部屋の反対側の隅で、薪ストーブがパチパチと音を立てる。わたしは前まで歩いていって、背中をあたためる。「火は大好き」わたしは言う。「寒い夜にはほっとするわ」

　ジェイクは向かいの臙脂色のソファに腰をおろす。

　わたしはふと気になって、よく考えずに口にする。「ご両親はわたしたちが来ることを知っていたのよね？　招待してくれたんでしょう？」

「ああ。意思疎通は取れてる」

この部屋の入り口の先の階段口の向こうに、引っかき傷のあるみすぼらしいドアが見える。ドアは閉めてある。「あのなかは何？」

なんて愚かな質問をするという顔でジェイクがこっちを見る。「べつの部屋がまたいくつかあるだけだ。地下室へもあそこからいく」

「ふうん、そうなの」わたしは言う。

「未完成なんだ。給湯器なんかのための、地面に掘ったただの汚い穴。使われてない。無駄なスペースだよ。下には何もない」

「地面に掘った穴？」

「いいじゃないか。地下室がある。すてきな場所じゃない、ただそれだけ。そういうことだ」

二階のどこかでドアが閉まる音がする。聞こえたかどうかジェイクをふり返るが、彼は物思いにふけっていて、前のほうを一心に見つめている。何を見るでもなく。

「ドアに引っかき傷があるのはどうして？」

「むかし犬を飼ってた」

わたしは薪ストーブの前から離れて、絵やスケッチのある壁にぶらぶら近づく。壁には何枚か写真もある。どれも白黒。スケッチとはちがって全部額におさめてある。写真に写る人たちはだれも笑っていない。みんな険しい顔をしている。真ん中にあるのは女の子の写真で、年は十四歳か、もう少し下だろうか。白いワンピース姿で立ってポーズを取っている。色があせている。

「これはだれ?」わたしはフレームに手をふれて尋ねる。

ジェイクは立つことはしないものの、コーヒーテーブルの本から目をあげる。「僕の曾祖母。一八八五年だかそのあたりに生まれた」

痩せていて青白い。内気な少女に見える。

「幸せな人じゃなかった。いろいろ問題があった」

わたしはその口調に驚く。彼にしてはめずらしく不快感がにじんでいる。

「苦労した人生だったの?」わたしは言ってみる。

「曾祖母の問題でみんなが苦しめられた。そんなことはどうでもいい。その写真をなんでいつまでも飾っておくのか、僕にはわからない。悲しい過去だ」

わたしはその人のことをもっと知りたいと思いつつも、尋ねるのはやめる。

「これはだれ?」子供だ。三歳か四歳くらいの幼児。

「わからない？」

「わかるはずないでしょう」

「僕だよ」

わたしはよく見ようと顔を近づける。「嘘でしょ。まさか。あり得ない。写真が古すぎる」

「白黒だからそう見えるだけだ。それは僕だ」

信じられたか自信がない。子供は裸足で、舗装されていない道に、三輪車を横にして立っている。長い髪をしたその子はカメラをにらんでいる。さらに詳しく見て、胃がぎゅっとなる。ジェイクには似ていない。まったく似ていない。女の子に見える。もっと正確に言おう。その子はわたしのように見える。

──みんなが言うことだが、彼はほとんど話さなくなった。

──話さなくなった？

──言葉を使わなくなったということだ。仕事はするが、話はしない。だれにとってもやりにくかった。廊下ですれちがって挨拶しても、わたしの目を真っすぐ見ることさえなかなかできない。そして顔を赤くして距離を取るんだ。

──本当に？

──ああ、雇ったことを後悔したのを憶えている。ただし仕事ができないからじゃない。いつだって何もかもがきれいで、きちんとしていた。仕事はちゃんとやった。ただ、だんだんそんなふうに思うようになった。感じるところがあった。なんというか、どこかふつうじゃないと。

――その感覚が正しかったことが証明されたかたちですね。

――そういうことになるな。直感に基づいて行動し、手を打つべきだった。

――起こったあとであれこれ考えてもしょうがない。あるひとりの男のしたことでわたしたちが罪を感じることはないでしょう。わたしたちの話じゃないんです。こっちは正常な人間。これは彼ひとりの問題です。

――そうだな。あらためて言ってもらえるとほっとする。

――それで、今後は？

――みんなでどうにか全部を忘れる。代わりを見つける。われわれは前に進まねば。

食卓につくと、ありがたいことに、においはとても美味しそうだ。わたしたちは今日は、夕食のためにお昼を抜いた。わたしはお腹をすかせておきたかったし、今ではちゃんとすいている。残す気がかりは頭痛と、数日前から気づくようになった、口のなかでうっすらする金臭(かなくさ)い味だ。特定の食べ物を口にすると感じるのだが、とくに果物と野菜がよくないらしい。化学的な味。原因が何かはまったくわからない。その味がすると何を食べていても嫌になるので、今はそうならないことを願いたい。

いまだジェイクの両親と対面していないことに、わたしは驚いてもいる。ふたりはどこに？　食卓は整っている。料理もならんでいる。べつの場所からごそごそ動く音はする。たぶんキッチンだ。わたしはあたたかいロールパンに手をのばし、半分に割って、バターをひとかたまり塗りつける。手をつけているのは自分だけなのに気づいて、食べるのをやめる。ジェイクはただすわっている。わたしはお腹がすいてしょうがない。

ジェイクにもう一度両親のことを尋ねようとしたとき、この部屋に通じるドアがひらいて、本人たちがひとりずつ入ってくる。

わたしは挨拶しようと立ちあがる。

「すわったままでいいから」ジェイクのお父さんが手を振って言う。「よく来たね」

「ご招待をありがとうございます。すごく美味しそうなにおいですね」

「お腹がすいてるといいのだけど」ジェイクのお母さんが席につきながら言う。「来てくれて嬉しいわ」

あっという間の展開。正式な紹介はなし。握手もなし。今ではわたしたち全員が顔をそろえてテーブルについている。たぶん、これがふつうなのだろう。わたしはジェイクの両親に興味を持つ。お父さんは控えめで、よそよそしいと紙一重といったところ。お母さんは笑顔が多い。キッチンから入ってきて以来、笑うのをやめない。両親はどちらもジェイクと似ていない。見た目としては。お母さんは思いのほか化粧が濃い。違和感をおぼえるほどのかなりの厚化粧だ。そのことは絶対にジェイクに言うつもりはない。髪は真っ黒に染めてある。粉っぽい白い肌と、てかてかの赤い唇のせいもあって、やけに黒々と見える。それにどこか危なっかしいというか、脆そうというか、落ちたグラスのように今にもパリンといきそうに見える。

着ているのは正式なパーティから帰宅したか、今から出かけようとしているかのような、襟と袖に白いフリルのレースのついた、時代遅れの半袖の青いベルベットのワンピース。わたしがあまり見かけることのないような服だ。季節はずれで、冬よりも夏向きで、気取らない夕食のためにしてはめかし込みすぎている。わたしは自分のおしゃれが足りない気になる。そして、彼女は裸足だ。靴も靴下も室内履きも履いてない。ひざにナプキンを広げたときにテーブルの下がちらりと見えた。彼女の右足の親指は爪がはがれている。ほかの爪は真っ赤に塗られている。

お父さんのほうは靴下に革の室内履きを履いていて、青い仕事用ズボンに、腕まくりしたチェックのシャツという格好。首から紐でメガネをさげている。ひたいの左目のすぐ上のところには、細いバンドエイドが貼ってある。

料理がまわされる。わたしたちは食べはじめる。

「わたしは耳に問題があるの」ジェイクのお母さんが宣言する。わたしは皿から目をあげる。彼女は大きな笑みをうかべて、真っすぐわたしを見ている。テーブルのうしろの壁面に据えられた大きな振り子時計が、チクタクと音を立てている。

「問題はひとつにとどまらない」ジェイクのお父さんが反応する。

「耳鳴りよ」夫の手に手を置いて言う。「しょうがないわ」

わたしはジェイクを見て、ふたたび母親を見る。「お気の毒です」わたしは言う。「耳鳴り。どういうものですか、それは？」

「楽しいものじゃない」父親が言う。「まったく楽しいものじゃない」

「ええ、本当にね」母親が言う。「耳のなかで雑音が鳴っているの。頭のなかで。四六時中ではないけれど、ほぼずっと。生活していていつも雑音が背景で鳴っているという状況よ。最初は耳あかのせいだと言われたわ。でも、ちがうの」

「大変ですね」わたしは言い、もう一度ジェイクのほうを見る。無反応。彼は料理を口に押し込みつづけている。「聞いたことがある気がします」

「それに全体的に聴力も落ちてきているの。全部関連しているのよ」

「おかげでこっちは、年じゅうおなじことをなんべんも言わされる」父親が言い、ワインに口をつける。わたしも自分のワインを飲む。

「それにあの声よ。ささやく声が聞こえるの」

またしても満面の笑み。わたしはもう一度、さらに強い視線でジェイクを見る。答えを求めて彼の顔をさぐるも何も得られない。あいだに入ってわたしを助けるべきなのに。だけど彼はそうしない。

そして、ジェイクを見て助けを求めていたまさにそのとき、わたしの電話が鳴りはじめる。ジェイクのお母さんが椅子の上で飛びあがる。顔が火照るのがわかる。よりによってこんなときに。わたしの電話はバッグのなかで、バッグは椅子の足元に置いてある。ここでようやくジェイクが顔をあげて、こっちを見る。「ごめん、わたしの電話。電池切れだと思ってた」わたしは言う。

「また友達？　ひと晩じゅうかけてくるな」

「出たほうがいいんじゃないのかしら」ジェイクのお母さんが言う。「わたしたちは気にしないから。お友達に用事があるなら」

「いえ、いいんです。重要なことじゃないから」

「重要かもしれないでしょう」彼女は言う。

電話が鳴りつづける。だれもしゃべらない。数回の呼び出し音ののち、電話は切れる。

「とにかく」ジェイクのお父さんが言う。「症状だけ聞くと大変なことのように思えるが、実際そこまでじゃない」手をのばして、ふたたび妻の手にふれる。「映画で見るようなものとはちがう」

伝言が残されたことを告げる通知音が鳴る。まただ。メッセージは聞きたくない。でも聞かないわけにいかない。永遠に無視することはできない。

「〈ささやく声〉、そうわたしは呼んでるのだけれど」母親が言う。「あなたやわたしのような声とは、正確にはちがうの。意味の通ることは何も言わない」

「おかげで妻は参っている。夜はとくにつらい」

「夜が一番ひどいわ」彼女は言う。「今ではもうまともに眠れもしない」

「眠れてもぐっすりとはいかない。われわれふたりとも」

わたしはいわば藁にもすがろうとする。何を言ったらいいかよくわからない。「それは本当につらいですね。睡眠についての研究が進むにつれて、ますます重要性に気づかされます」

またしても電話が鳴りだす。そんなはずがないのはわかっているけれど、さっきより音が大きく聞こえる。

「またか？　出たほうがいいって」ジェイクが言う。彼はひたいをこする。

両親は無言でいるが、たがいに視線を交わしている。

わたしは出るつもりはない。それはできない。

「本当にすみません」わたしは言う。「みなさんに迷惑ですよね」

ジェイクがわたしをじっと見ている。

「睡眠はいいことだが、それ以上に害をもたらすこともある」父親が言う。

「金縛り」母親が言う。「あれは深刻よ。消耗するわ」

「聞いたことはあるかい？」父親がわたしに尋ねる。

「あると思います」わたしは言う。

「動けないけど、起きてはいるの。意識ははっきりしているのよ」

父親は俄然生き生きとして、フォークをにぎった手で話に身振りをくわえる。「わたしはときどき理由もなく夜中に目を覚ます。そして寝返って妻を見る。するととなりで仰向けになって、じっとかたまっているんだ。その目は——目は大きく見ひらかれ、恐怖に怯えている。何度見てもぞっとする。いつまでたっても慣れないね」皿の食べ物をフォークで刺して、むしゃむしゃと噛む。

「重たいものを感じるの。胸の上に」ジェイクのお母さんが言う。「息を吸うのが大変なこともよくあるわ」

わたしの電話からまた通知音が鳴る。今回は長いメッセージだ。わたしにはわかる。ジェイクがフォークを落とす。全員が彼に顔を向ける。

「失礼」彼は言う。そしてしんとなる。お皿の食べ物にこれほど集中しているジェイクを見るのは初めてだ。じっと凝視しているけれど、食べるのはすでにやめている。

電話のことで腹を立てたのかもしれない。それとも、わたしが何か気に障ることを言ったとか？　家に来てから彼は様子が変わった。機嫌が。わたしはここにひとりでいるも同然だ。

「ところで、道中どうだった？」父親がようやくジェイクに水を向ける。

「順調だったよ。最初は混んでたけど、三十分も走るとぱったりすいた」

「ここらの田舎道は通る車も多くない」

ジェイクは外見以外のところで両親と似ている。微妙な動き。仕草。両親といっしょで、彼も考えるときに手を合わせる。会話の進め方も似ている。議論したくない話題から唐突に方向転換するところとか。見ていて面白い。人が両親といるところを見ると、わたしたちはみんな複数の要素が組み合わさってできているということがよくわかる。

「だれも寒い雪のなかを運転したくないし、当然よ」ジェイクのお母さんが言う。「このあたりには、なんにもない。数キロ先まで何もない。でも、道ががらがらだとリラックスしたドライブができるわね。とくに夜は」

「幹線道路が新たに通ってからは、ああいう田舎の道はもう使われなくなった。真ん中を歩いて家に帰ったって、轢かれる心配はない」

「時間がかかるし、ちょっと寒いかもしれないけれど」わたしにはよくわからない理由で母親が笑う。「でも、危険はないわ」

「わたしは渋滞に悩まされるのに慣れっこです」わたしは言う。「このあたりの道は快適でした。じつはあまり田舎で過ごしたことがないんです」

「郊外の出身ですってね」

「生まれも育ちも。大都市から一時間ほどのところです」

「そう、わたしたちも、あなたのそっちの世界へいったことがあるわ。水辺のすぐそば？」

「ええ」

「そこへはいったことがないと思う」彼女は言う。わたしはどう答えていいかわからない。矛盾(むじゅん)しているのでは？　彼女は過去の旅行の思い出に疲れたか、思い出のなさに退屈したのか、あくびをする。

「前にいったときのことを憶えてないとは驚きだな」父親が言う。

「わたしはたくさんのことを憶えているわ」母親は言う。「ジェイクは前にここにやってきた。むかしのガールフレンドと」わたしに向かってウィンクをする。もしくはウィンクに類する何かを。癖なのか意図的なのか、わたしにはわからない。

「憶えてない、ジェイク？　みんなで食べた料理のことを」

「記憶に残るようなことじゃない」ジェイクが答える。

　彼は食事を終えている。皿の上はきれいになっている。わたしは半分も終わっていない。料理に注意を向けて、生焼けの肉を切る。外側は黒くかちかちで、なかは生でピンク色で、汁っぽい。皿には肉汁と血が残っている。手をつけてないゼリーサラダもある。空腹はもうおさまった。わたしは切った肉の上にじゃがいもと人参を押しつけて、口に運ぶ。

「あなたを迎えることができて、とても嬉しいわ」ジェイクのお母さんが言う。「ジェイクはちっともガールフレンドを連れてこないの。こういう機会は本当にすてき」

「まったくだ」父親が言う。「われわれふたりだと、ここは静かすぎて――」

「いいことを思いついた」母親が言う。「きっと楽しいわ」

全員が彼女を見る。

「むかしはみんなでよくゲームをしたのよ。暇つぶしにね。わたしの好きだった遊びがあるの。あなたはきっととても上手だと思うわ。どうかしら、ジェイクごっこをやるというのは？」彼女はわたしに言う。

「ああ、それがいい」父親が応じる。「いい考えだ」

ジェイクはわたしを見てから、また下を向く。何も残っていない皿の上でフォークをにぎっている。

「つまり、みんなで……ジェイクの真似をするということですか？」わたしは尋ねる。

「そういうゲームなんですか？」

「ええ、そうよ」母親が言う。「ジェイクの声を出したり、ジェイクみたいに話したり、なんでもいいから真似るの。きっと面白いから」

父親がフォークを置く。「なかなか楽しいゲームだよ」

「わたしは――その、あまり――そういうことは得意じゃなくて」

「声を真似てみて。ただのお遊びよ」母親が言い張る。

わたしはジェイクを見る。彼は目を合わせようとしない。「わかりました」わたしはそう言いながら時間かせぎをする。本人の両親の前で真似をするなんてやりにくくてしょうがないけれど、彼らをがっかりさせたくもない。

ふたりは待っている。わたしをじっと見ながら。

わたしは咳ばらいする。「やあ、僕はジェイク」声を低くして言う。「生化学が果たす役割はさまざまある。文学や哲学もしかり」

お父さんはにっこりしてうなずく。お母さんは顔を大きくほころばせる。わたしは恥ずかしい。こんなゲームはやりたくない。

「悪くない」父親が言う。「かなり悪くない」

「上手だってわかってたわ」母親が言う。「ジェイクを知りつくしているんだもの。裏も表も」

ジェイクが顔をあげる。「僕がやろう」

彼がしばらくぶりに口にした言葉だった。ジェイクはゲームの類は好きじゃない。

「そうこなくちゃ」母親が手をたたいて言う。

ジェイクは明らかにわたしの声に似せた調子で話しはじめる。ふだんの声よりいくらか高いけれど、滑稽というほど上ずってはいない。面白おかしく真似ているんじゃない。わたしになりきっている。微妙で的確な手や顔の動きをくわえて、見えない髪を耳のうしろにはらう。どきっとさせられるし、正確すぎて気に障る。不愉快だ。おふざけの物真似じゃない。彼は真剣だ。真剣すぎる。みんなの前でわたしになろうとしている。

母親と父親のほうを見る。ふたりは目を真ん丸にして演技を楽しんでいる。ジェイクが終えると、一拍置いてから父親が大笑いする。母親もお腹をかかえている。ジェイクは笑っていない。

とそのとき、電話が鳴る。でも今度はわたしの電話じゃなかった。家の電話がよその部屋でけたたましく鳴っている。

「出たほうがいいわね」三度目の呼び出し音のあとで母親が言い、くすくす笑いながら歩いていく。

父親はフォークとナイフを手にして、ふたたび食べはじめる。わたしはもうお腹はすいてない。ジェイクがサラダを取ってくれとわたしに言う。わたしはそうするが、彼はお礼を言わない。

母親が部屋にもどってくる。「だれだった？」ジェイクが尋ねる。

「だれでもない」彼女は席について言う。「まちがい電話」

首を振って、輪切りの人参をフォークで刺す。

「あなたは自分の電話を確認したほうがいいわ」彼女は言う。目を向けられて、わたしはちくりと何かを感じる。「ほら、みんな気にしないから」

わたしはデザートが食べられない。満腹だけが理由じゃない。デザートが出されたときは一瞬気まずい空気が流れた。ホイップクリームを重ねたブッシュドノエルのようなチョコレートケーキ。乳糖不耐症だと両親に伝えておいてと、ジェイクには頼んであった。きっと忘れたにちがいない。わたしはケーキに手をつけられない。

両親がキッチンにいっているあいだに携帯電話をチェックする。電池切れになっている。かえってよかったのかもしれない。あしたの朝、対処すればいい。

テーブルにもどってきたジェイクのお母さんは、べつのワンピースに着替えている。

わたし以外はそのことに気づいてないようだ。毎度のことなのだろうか？　デザート用に服を着替えるのは。変化としては微妙だ。おなじデザインのワンピースながら色がちがう。コンピュータの誤作動でワンピースに小さなねじれが生じたかのよう。さっきまでの服に何かをこぼしたとか？　それに、爪のない足の親指にはバンドエイドが貼ってある。

「ほかにほしいものは？」父親がもう一度訊く。「本当にケーキはいらないんだね？」

「ええ。本当に。すばらしい夕食で、お腹もいっぱいです」

「クリームが好きじゃなくて残念ね」母親が言う。「太るのはわかってる。でも美味しいのよ」

「すごく美味しそうです」わたしは言う。〝好きじゃない〟という言葉を正したいのをこらえる。好き嫌いとは関係のない話だ。

ジェイクはデザートを食べてない。フォークにも皿にも手をふれていない。椅子に深くもたれて、頭のうしろの毛をもてあそんでいる。

わたしはつねられたようにはっとし、衝撃のうちに自分が爪を嚙んでいることに気づく。人差し指が口のなかにある。手を見る。親指の爪は嚙んでほとんど半分になっている。いつからこんなことを？　記憶にはないものの夕食のあいだじゅう嚙んでいたにちがいない。わたしは手を口からはなして横におろす。

ジェイクがこっちを見ていたのは、そのため？　こんなふうに爪を噛んでいたのに、なぜ自分で気づかなかったのだろう？　口のなかに爪の欠片があるのがわかる。臼歯のあいだにはさまっている。不快きわまりない。

「今夜はあなたが生ごみを出してきてくれないかしら、ジェイク」母親が尋ねる。「お父さんは背中がまだ痛むし、もう容器がいっぱいなの」

「いいよ」ジェイクは答える。

そう感じるのはわたしだけかもしれないが、食事全体がなんだか妙だった。家、彼の両親、今回の訪問全体が、わたしの想像していたものとちがう。これまでのところ、楽しくも面白くもない。こんなに何もかもが古くて時代遅れだとは思わなかった。到着したときからずっと居心地が悪い。彼の両親、とくにお父さんのほうはべつに問題はないけれど、どちらもすごく会話上手というわけじゃない。たくさん話すには話すのだが、ほとんどが自分たちの話題だった。それに沈黙がものすごく長くつづいて、ナイフとフォークが皿をこする音、音楽、時計の針、火のはぜる音をひたすら聞いているような場面も何度かあった。

ジェイクはわたしが出会ったなかで一、二といっていいほどの会話上手なので、両親もきっとそうなんだろうと思っていた。話題は仕事のこと、さらには政治や哲学、芸術などにもおよぶかもしれないと思っていた。家はもっと大きく、もっといい状態だと思っていた。もっと生き生きした動物がいると思っていた。

上質な知的交流にもっとも重要なのは二点だと、以前ジェイクが言っていたのを思いだす。

ひとつ、単純なものは単純なままに、複雑なものは複雑なままに。

ふたつ、いかなる会話も戦略や解答ありきで臨んではならない。

「すみません」わたしは言う。「ちょっとトイレにいってきます。ドアの向こうですか?」わたしは舌先で歯にはさまった爪をはじいている。

「そのとおり」ジェイクのお父さんが言う。「この家ではなんでもそうだが、あっちへいった先だ。長い廊下の奥にある」

真っ暗ななか壁に手を這わせ、一、二秒かかって照明のスイッチを探りあてる。電気をつけると、明るい白い光がともるとともにブーンという共鳴音がする。洗面所でふつう見かける黄みのある光とはちがう。殺菌された外科的な白い光で、わたしは思わず目を細める。どっちのほうが気に障るだろう。光か、ブーンという音か。

そんな明かりの場所に入ると、家の暗さにあらためて気づかされる。

ドアを閉め、まずは歯にはさまった爪の欠片を取って手に吐きだす。大きな欠片だ。巨大だ。ぞっとする。それをトイレに捨てる。手を見る。薬指の爪も、親指の爪のように嚙んでずいぶん短くなっている。皮膚と爪の境目には血がにじんでいる。

洗面台の上のキャビネットに鏡はついてない。どっちみち今日は自分の姿を見たくない。目の下にくまができている気がする。きっとそのはずだ。どうもいつもの自分らしくない。顔が火照って、いらいらする。ここ数日の睡眠不足と夕食のワインがこたえているのだ。グラスは大きかった。しかも、ジェイクのお父さんが何度もお代わりを注いでくれた。じつは三十分前からトイレにいきたかった。トイレにすわり、ほっとする。もどりたくない。まだ今は。相変わらず頭がずきずき痛む。

デザートのあと、両親は急に席を立って食卓を片づけだし、ジェイクとわたしを残してキッチンに入った。わたしたちはたいした会話もなく席にすわっていた。キッチンから両親の声がした。細かいところまで聞こえたわけじゃない。内容はわからなかったけれど声の調子は聞き取れた。ふたりは口論していた。夕食中にした会話がもとで、何かに激しているようだった。興奮した言い合いだ。わたしの前でされなくてよかったと思った。ジェイクの前でもなく。

「あっちで何が起きてるの?」わたしは小声でジェイクに訊いた。

「どこで?」

トイレを流して立ちあがる。まだ向こうにもどりたいと思わない。わたしはつぶさにまわりを観察する。ここにはバスタブとシャワーがある。竿(さお)にリングはついているのにシャワーカーテンがない。小さなごみ箱。洗面台。あるのはそんなところ。全部とてもきちんとしていて、とてもきれい。

壁の白いタイルは、白い床とおなじ色だ。わたしはキャビネットの鏡があくか試してみる。正確に言うと、ふつう鏡があるはずの場所を。そこはあいた。処方薬の空き瓶がひとつある以外、棚は空っぽだ。キャビネットを閉じる。光がとてもまぶしい。

洗面台で手を洗い、ふちで小蝿がまごまごしているのが目に入る。ふつうの蝿は手を近づけると飛んで逃げる。手を振ってみる。何も起こらない。指でそっと蝿の翅(はね)をはらう。

蝿はかすかに身じろぎするが、飛ぼうとはしない。

もう飛べないなら外へ出るすべはない。のぼって脱出するのは無理だ。蝿はここに取り残された。自分で理解しているのだろうか？　もちろん、わかってないだろう。わたしは洗面台に親指を押しつけてそれを潰す。理由はよくわからない。ふだんのわたしがすることじゃない。たぶん、助けようとしているのだと思う。この方法ならあっという間だ。排水口に流して渦のなかでゆっくり死なせるほかの案より、ましな気がする。あるいはそのまま洗面台に放っておくよりも。結局のところ、たくさんいるうちのただの一匹にすぎない。

潰れた蝿を見ているうちに、だれかがトイレまでわたしを追ってきているという感覚にとらわれる。いるのはわたしひとりじゃないという感覚。ドアの外からは何も聞こえない。ノックもない。足音もしなかった。ただの感覚。だけど強烈に感じる。だれかがドアのすぐ外にいるんだと思う。聞き耳を立てているのだろうか？

わたしは動かない。なんの音も聞こえない。ドアのところまでいって、そっとハンドルに手をかける。にぎったまま一瞬待ってから、ドアを大きくあける。外にはだれもいない。入るときに脱いだわたしの室内履きがあるだけ。なぜ脱いだのかはわからない。

正確にはジェイクの室内履き。彼が貸してくれた室内履き。洗面所の方向に向けて脱いだと思っていた。でも今は洗面所の外、廊下の方向を向いている。自信はない。きっとそんなふうに脱いだんだろう。自分がやったのだ。

ドアをあけっぱなしにして洗面台までもどる。水を出して、蝿の死骸を洗い流す。赤い血が一滴、洗面台に落ちる。さらにもう一滴。蛇口(じゃぐち)に上下逆さまに映った自分の鼻が目に入る。血が出ている。ティッシュを取って丸め、顔に押しあてる。なぜ鼻血が？

鼻血なんてもう何年も出てないのに。

洗面所を出て廊下を進む。地下に通じているらしいドアの前を過ぎる。ドアはあけたままだ。狭くて急な階段が下までつづいている。わたしは足を止めて、あいたドアに手をあてる。どっちの向きにもちょっと動かしただけでギーギー音がする。蝶番に油を差す必要がありそうだ。木の階段の手前の踊り場には、小さなほつれた絨毯が敷いてある。

皿洗いの音と会話の声がキッチンから聞こえてくる。ジェイクも両親といっしょにそこにいる。急いでもどらなくてもよさそうだ。両親との水入らずの時間をあげようとわたしは思う。

階段の上からはあまり多くは見えない。下は真っ暗。でも地下室から何かの音が聞こえてくる。前に出る。ドアをくぐると、右側に白い紐がぶらさがっているのが目に入る。引っぱると、ブーンという音とともに裸電球がひとつつく。下からの音がさっきよりはっきりと聞こえる。蝶番よりも音の高い、キーキーという単調な軋み。息を殺した、泣き声のような、反復的な摩擦音。

わたしは地下の様子が気になる。両親はそこを使ってないとジェイクは言っていた。だとしたら下には何が？　何が音を立てている？　給湯器だろうか？

階段は平らでなくて危険な感じだ。手すりはない。床板で作られた落とし戸は、ひらいて金のクリップで右側に留めてある。閉じると階段が落とし戸の下に隠れるようになっている。居間にあったドアとおなじように、落とし戸一面に引っかき傷がついている。指でなぞる。それほど深くはない。ただし必死そうだ。

わたしは下へおりはじめる。ヨットの底のデッキに入っていくような感じがする。手すりがないので壁を頼りに進む。

階段をおりきると、大きなコンクリートの板に足がつく。砂利の地面の上に敷いてある。地下はさほど広くない。梁のでっぱった天井は低い。前のほうには棚がいくつかあって、茶色い段ボール箱が置いてある。古くて湿気を吸っていて、染みだらけでぼろぼろ。埃と汚れがひどい。棚に何列もならぶ段ボール。ずいぶんたくさんの数が落とし戸の下のこの場所にしまい込まれている。葬られている。〝使われてない〟とジェイクは言っていた。〝下には何もない〟と。全部が真実ではなかった。まったく真実ではなかった。

反対側を向く。背後の階段の先に、ボイラーと温水タンクと電気パネルが見える。ほかにも何かの装置がある。古くて錆びついて、稼働はしていない。それがなんなのか、なんだったのか、わたしにはわからない。

ここはたしかに床に掘った穴と言ってまちがいじゃない。こういう古い農家ではきっとふつうなのだろう。春には水が出そうだ。壁は土と大きな岩盤でできている。床が床と言えないように、壁も壁とは言えない。バーもビリヤード台もない。卓球台もない。ほんの数秒もいれば、子供はみんな怯えるだろう。それににおいもする。なんのにおいかはわからない。じめじめとした湿気。換気されない空気。カビ。腐敗。わたしはここで何をしているのだろう？

もうもどろうとしたとき、地下室の一番奥の、温水タンクのすぐ先のところにある音の正体に気づく。棚の上の、白い小さな首振り扇風機。暗いのでかろうじてしか見えない。わたしは本当に上にもどらなければ。食卓に。

ジェイクはこの場所をわたしに見られたくないだろう。でもそう考えると、かえってもう少しここにいたくなる。あと少しだけ。わたしはそっとコンクリートの板からおりて、扇風機へと向かう。首を左右に振っている。なぜ冬に扇風機？　ただでさえこんな寒いのに。

ボイラーの近くにイーゼルに載った絵がある。扇風機がついているのはこれのため？　絵の具を乾かすためだろうか？　この地下空間に長時間とどまって絵を描くなんて、わたしには想像できない。絵の具と絵筆は見あたらない。ほかの画材も。椅子もない。描く人は立ったまま？　たぶんジェイクのお母さんだろう。でも、彼女はわたしより長身だし、わたしですら天井の梁に頭をぶつけないように腰をまげないといけない。それに、なぜわざわざこの地下で描かないといけないのだろう？

絵に近づいてみる。その作品は絵の具をべた塗りした荒々しいタッチで埋められていて、また部分的にはとても細かな描き込みがなされている。どこかの空間、どこかの部屋の絵だ。この部屋、この地下室かもしれない。きっとそう。暗い絵ながら階段とコンクリートの板と棚が見える。唯一欠けているのはボイラーだ。その場所には、代わりに女がいる。男かもしれない。長い髪をした存在、人間。立って、わずかに腰をまげていて、両腕が長い。それに爪も長い。鉤爪のようにものすごく長い。のびていくわけでも、鋭くとがるわけでもない。だけどそんなふうに見える。絵の下の隅には、もうひとりだれかがいる。やけに小さい。子供だろうか？

この絵を見ていると、今日ジェイクが車で言っていたことを思いだす。半分聞き流していたので、彼の言葉を今もこんなはっきり記憶していることに自分でも驚く。彼は哲学ではなぜ例が用いられるのかということ、たいていの場合、理解と真実を論じるうえでは確実性と合理的演繹と、それにくわえて抽象化の視点が必要だ、ということを話した。「大事なのは両者の統合だ」と彼は言った。わたしは窓の前を流れる草地をながめ、飛び去っていく裸の木々を見ていた。

「この統合は人間の頭の働きを反映している。すなわち、いかにしてわれわれが機能し、相互に作用しているか。われわれが論理と理性と、その他の何か――感情、あるいは精神に近い何か――に分裂していることを示している」彼は言った。「こんなことを言ったら反発をおぼえるかもしれない。でも、われわれは――だれより現実的な人でさえ――理性で世界を理解することはできない。完全にはね。人は意味を理解するのに象徴に頼っている」

わたしは無言で彼を見た。

「僕は何もギリシャ人の話をしてるんじゃない。洋の東西、共通のテーマだ。普遍的な問題だ」

「象徴というのは、どういう意味での……？」

「比喩」彼は言った。「精巧なメタファー。人間は経験のみを介して重要性や妥当性を理解し認識するんじゃない。象徴を通じて受け入れ、拒否し、見極める。象徴は生きるとは何かを理解し、存在を理解し、何に価値があり何が大事なのか理解するうえで、数学や科学と同様に重要なんだ。しかも僕は科学者としてそれを言っている。すべてはわれわれが物事にどう対処し、どう決断をくだすかに関わってくる話だ。ほら、僕はこうしてしゃべりながら、それがどんなふうに響くか聞いているけど、わかりきっていて陳腐なことながら、やっぱり面白い」

わたしはもう一度絵を見る。人物の冴えない顔を。なんの特徴もない。長い爪は下を向いていて、濡れていて滴り落ちそうだ。扇風機が首を振りながらキーキーと音を立てる。

絵の横には、汚い小さな本棚がある。古い紙がぎっしりつまっている。何枚も何枚も。スケッチだ。一枚を手に取る。紙は分厚い。さらにもう一枚。どれもこの部屋の絵。どれも地下室の絵だ。スケッチごとに別々の人物がボイラーのある場所にいる。髪の短い人、長い人。ひとりには角がある。乳房のある人、ペニスのある人、両方がある人。そして全員が長い爪をし、自分はお見通しだというような似たような硬直した表情をしている。

それぞれの絵には例の子供もいる。だいたいは隅のほうに。ほかの場所にいることもある——そして地面から大きな人物を見あげている。ある一枚では、子供は女のお腹のなかにいる。ほかの一枚では、女に頭がふたつあり、ひとつが子供の頭になっている。上の階の足音が聞こえる。静かでやわらかな音。ジェイクのお母さんだろうか？　地下のこの場所で絵やスケッチを描いたのが彼女だと、わたしはなぜ思ったのだろう？　上の階からはもっと重たい足音も聞こえる。

だれかの声がする。話している。ふたりの人間。聞こえる。でもどこから？　上の階のジェイクの両親だ。また口論している。

口論は言い過ぎかもしれないが、友好的な会話じゃない。白熱している。何か問題があるのだ。ふたりはいらいらしている。わたしは通気口に近づきたい。奥の壁ぎわに錆びた絵の具の缶がある。通気口の真下まで持ってくる。上に乗って、壁に手をついてバランスを取る。ふたりはキッチンで話をしている。

「ずっとこのままというわけにはいかないだろう」

「長くは無理でしょうね」

「さんざん時間を費やしてあそこまでたどりついたのは、ただ辞めるためだったのか？　あいつは棒に振ったんだ。もちろんわたしだって心配している」

「本人には予測できること、定まったものが必要なのよ。今はひとりでいることが多すぎる」

ジェイクの話をしているのだろうか？　わたしは壁のさらに高い場所に手をついて、つま先でのびあがる。

「なんでも自分のしたいようにすればいいと、おまえはずっと言ってきた」

「なんと言えばよかったの？　あの様子ではその日その日を乗り切るのも無理よ。シャイで、内向きで……あまりにも——」

お母さんは何を言っているのだろう？　よく聞こえない。

「自分の頭のなかに閉じこもるのをやめて、前に進まないといけない」

「研究室は辞めた。本人の決断で。そもそも、その道に進むべきじゃなかった。問題は——」

何か聞こえないことを言っている。

「ええ、そのとおり。賢いのはわかってる。わかってるわ。でも、だからといって、あの道に進まなくてもよかった」

「——つづけられる仕事。投げださずにいられる仕事だ」

研究室を辞めた？　ということはやっぱりジェイクの話？　どういうことだろう。ジェイクは今もそこで働いている。だんだん言葉が聞き取りにくくなってきた。もう少し高く上に近づけたら。

絵の具の缶がひっくり返って、壁に倒れ込む。声がやんだ。わたしは凍りつく。一瞬、だれかがうしろで動く音がした気がした。こんなところにおりてくるんじゃなかった。盗み聞きするんじゃなかった。わたしは階段をふり返るが、そこにはだれもいない。段ボールのつまった棚があり、階段の上から薄明かりがもれているだけ。声はもうしない。しんとしている。わたしはひとりきり。

閉所恐怖症の恐ろしい感覚にとらえられる。だれかが落とし戸を閉じて階段に蓋をしたら？　わたしはここに閉じ込められる。真っ暗になるだろう。そうなったら自分はどうするのか。それ以上のことを考えるのが嫌で、わたしは壁にぶつけたひざをこすって立ちあがる。

階段をのぼって上にもどるとき、閉じると階段の蓋になる落とし戸に、鍵がついているのに気づく。掛け金は横の壁にねじ留めされているが、錠は落とし戸の裏側についている。ふつうは上から鍵をかけられるように、表側についているように思う。ここの落とし戸は、地下からは押しあげ、上からは引きあげて、どちらの側からも開閉できる。でも、鍵は下からしかかけられない。

——正式な死因はわかってるんですか？

——失血だ。いくつもの刺し傷からの。

——おぞましい。

——何時間も血を流しつづけたと考えられる。かなりの量の血だ。

——そんな現場に足を踏み入れるなんてたまったもんじゃない。

——ああ。そのとおりだったろう。恐ろしい。二度と忘れられる光景じゃない。

地下室からもどると、食堂にはだれもいない。わたしのデザートの皿をのぞいて、テーブルもきれいに片づけられている。

顔を突っ込んでキッチンをのぞいてみる。使った皿は重ねて水にくぐらせてあるが、まだ洗ってない。流しには灰色がかった水がたまっている。蛇口から水が滴っている。ぽたり、ぽたりと。

「ジェイク？」わたしは呼ぶ。彼はどこ？　みんなはどこ？　たぶんジェイクは食べ残しを小屋の生ごみ入れに出しにいっているのだろう。

わたしは二階へあがる階段のところまでいってみる。段にはやわらかな緑色の絨毯が敷いてある。木を張った壁。さらにたくさんの写真。ある老夫婦のものがほとんどだ。古い写真ばかりで、ジェイクの子供のころの写真はない。

夕食後に上を案内するとジェイクは言っていたのだから、今、見にいってもかまわないのでは？　一気に二階まであがると、そこに窓がある。外をのぞいてみるが暗すぎて何も見えない。

左側に、小さな〈J〉の飾り文字のついた扉がある。ジェイクのむかしの部屋だ。なかに入る。わたしはジェイクのベッドに腰かけて、部屋を見まわす。たくさんの本。四つの書棚にぎっしりつまっている。それぞれの上には蠟燭がある。ベッドはやわらかい。上からかけてあるのは、こういう古い農家にわたしが期待するとおりのもの——編んだ手作りのブランケットだ。ジェイクのような高身長の男性が寝るには小さなベッドで、幅もシングルしかない。左右に手を置いて、水に落ちたりんごみたいに手のひらで押して上下させてみる。古さと長年の使用のせいで、スプリングがいくらか軋む。古いスプリング。古い家。

わたしは立ちあがる。使い込まれたすわり心地のよさそうな青い椅子の横を通って、窓辺の机へと進む。上にはあまり物はない。マグカップに差したペンと鉛筆。茶色いティーポット。本が数冊。大きな銀色のはさみ。机の一番上の引き出しをあけてみる。入っているのはふつうの文房具だ——ペーパークリップやメモ帳。それに茶色い封筒がひとつ。おもてには活字体で書かれた〈わたしたち〉の文字。ジェイクの手書きに見える。わたしは放っておくことができない。手に取って、封をあける。

なかには写真が入っている。たぶんこんなことはしてはいけない。わたしには関係のないことなのだから。写真をぱらぱらめくる。全部で二、三十枚ある。どれもアップだ。体の一部。ひざ。ひじ。指。たくさんのつま先。唇に歯、そして歯茎。極端な接写もいくつかあって、髪や肌や、にきびらしきものだけが写っている。すべて同一人物のものかどうかは、なんとも言えない。わたしは写真を封筒にもどす。

こんな写真は初めて見た。何かのアートの素材なのだろうか？　ショーやディスプレイや、展示会のための？　ジェイクは写真に興味があって、学校外で参加した唯一の活動が芸術教室だったと、前に話してくれた。貯金して買ったとびきりのカメラを持っていると言っていた。

部屋のまわりにもたくさんの写真がある。風景、花や木、人物の写真もある。どの顔もわたしにはわからない。この家で見たジェイクの写真は、一階のストーブのそばにあったあの一枚だけで、彼は子供のころの自分だと言い張った。でもちがう。それはたしかだ。つまり、わたしはジェイクの写真を一枚も見ていないということになる。シャイだというのはわかっているけれど。

棚に置かれた額入りの一枚を手に取る。金髪の女の子。青いバンダナを頭の前で結んでいる。高校時代のガールフレンド？　その子はジェイクのことがものすごく大好きで、少なくともジェイクいわくそうで、付き合いに対するふたりの思い入れの強さには埋められない差があったらしい。わたしは鼻がくっつくほど写真を顔に近づける。でもジェイクは、彼女は髪は焦げ茶で、背が高かったと言っていた。この子はわたしのように金髪で、背が低い。これはだれなのだろう？

よく見ると背景にもうひとり写っている。男だ。ジェイクではない。写真の女の子をじっと見ている。彼女と関係があるのだ。近くにいて彼女を見ている。ジェイクが撮った写真なのだろうか？

肩に手を置かれて、わたしははっとする。

ジェイクじゃない。お父さんだ。「驚かせないでください」わたしは言う。

「すまない。ジェイクといるのかと思っていた」

わたしは写真を棚にもどす。それが床に落ちる。かがんでひろいあげる。

ふり返ると、ジェイクのお父さんは歯を見せて笑っている。最初の一枚の上にもう一枚バンドエイドが貼られている。

「驚かすつもりはなかった。大丈夫かどうか判断がつきかねたんでね。なんだか震えていたぞ」

「わたしなら大丈夫です。たぶんちょっと寒いのかも。ジェイクを待ってたんです。まだ部屋を見せてもらってなかったから、それで……。わたし、本当に震えてました？」

「うしろからはそう見えた――少しだけだが」

いったいなんのことを言っているのか。わたしは震えてなどいなかった。そんなはずがある？　体が冷えたのだろうか。そうかもしれない。食事の席につく前から冷えていた。

「本当に問題はないんだね」

「ええ。大丈夫です」お父さんの言うとおりだ。見おろしてみると、かすかに手が震えている。わたしはうしろで両手を組む。

「息子はむかし、多くの時間をここで過ごした。この部屋は客間に改装しようと少しずつ手を入れているところだ」ジェイクのお父さんが言う。「本の虫だった高校生の名残(なごり)がまだこんなにも濃い部屋にお客さんを泊めるのは、われわれとしてはどうにも憚(はばか)られてね。ジェイクはむかしから本や物語が好きだった。日記をつけるのも。あいつにとってはそれが慰めだった。そんなふうにして物事に対処していた」

「いいことだと思います。今でも書くのが好きなのは、わたしも気づいていました。いつも何かを書いてます」

「そんなふうにして、あいつは世界を理解するんだ」

その言葉を聞きながら、何かの感情が湧いてくる。ジェイクへの同情、愛情が。

「部屋に入るととても静かですね」わたしは言う。「家の奥にあって。ものを書くにはうってつけでしょう」

「ああ。それに眠るのにもいい。ところが、知っていると思うが、ジェイクはむかしからぐっすり眠れたためしがない。今夜はふたりで泊まっていくといい。われわれもそう望んでいた。なにも急いで帰ることはないだろう。ジェイクにも言ってある。ぜひ泊まっていってくれ。朝食用の食べ物もたっぷりある。コーヒーは飲むかい？」

「ありがとうございます。どうするかはジェイクに任せたほうがいいような気がします。コーヒーは大好きです。でも、ジェイクは朝から仕事をしないといけないから」

「仕事？」父親が困惑した顔で言う。「ともかく、泊まっていってもらえると何よりだ。ひと晩でも。それに、ここまで来てくれたことにわたしたちがとても感謝していることを、ぜひ伝えておきたい。きみのしてくれていることに大変感謝している」

こぼれた髪を耳にかける。わたしが何をしている？　よく理解できない。「ここに来てご両親に会えてよかったです」

「こうした何もかもがジェイクのためになる。きみの存在がジェイクのためになっている。もうずいぶんと長いあいだ……。とにかく、このことはジェイクのためになると、わたしは思っている。ようやくだ。われわれは期待している」

「彼はよく農場の話をするんです」

「きみに見せるのを楽しみにしていたよ。われわれも来てもらうのをずいぶん前から楽しみにしていた。これほど長く待たされて、結局、連れてこないんじゃないかと心配になりはじめたところだった」

「ええ」としかわたしには言えない。「そうですね」どれほど長く？

ジェイクのお父さんはうしろを確かめてから、わたしに一歩近づく。手をのばせばさわれるくらいの場所まで。「彼女は頭がおかしいわけじゃない。それはわかってほしい。今夜のことは悪かったね」

「え？」

「妻だよ。人の目にどんなふうに映るかはわかる。きみがどう思っているかはわかる。すまないね。頭が変になりかけているか、精神を病んでいると思ってるだろう。それはちがう。たんに耳の問題だ。妻はずっとストレスを受けつづけてきた」「そんなふうには思いませんでした」わたしは言う。正直なところ、自分がどう思っているかよくからない。

「頭は今もとても鋭いんだ。声のことをきみに話していたと思うが、そう聞いて想像するほどのことじゃない。小さなささやき声、つぶやくような声だ。妻はそうした声と……議論をする。ささやき声と。ただの息遣いのときもある。害はない」

「そうだとしてもつらいでしょうね」わたしは言う。

「聴力がこれ以上悪くなるようなら、医者は人工内耳も考えている」

「どんな感じか、わたしには想像もつきません」

「それにあの微笑み。いくぶん妙に見えるだろうが、あれはただの生理的な反応だ。むかしのわたしなら癇に障っただろうが、今は慣れた。かわいそうに。妻は微笑みすぎて顔に痛みが出はじめている。だがそうしたことも慣れるものだよ」

「気づきませんでした。それほどは」

「きみはとても息子のためになっている」お父さんはドアのほうを向く。「似合いのふたりだよ。わたしから言うまでもないだろうがね。数学と音楽のように、相性のよい組み合わせというものがある。そうだろう？」

わたしは微笑んでうなずく。もう一度微笑む。ほかにどうしていいかわからない。

「ジェイクと知り合えて、それに、こうしてお父さんやお母さんにお会いできて、とてもよかったです」

「みんなきみを気に入っている。ジェイキーはとくにね。なるほどそのはずだ。あいつにはきみが必要なんだ」

わたしは微笑みつづける。やめられる感じがしない。

もういつでも出発できる。わたしはここを出たい。上着は着た。ジェイクはすでに外にいて、車をあたためている。わたしはお母さんを待っている。別れの挨拶をしたいのに、彼女はキッチンにもどって、わたしたちのために残り物を包んでくれようとしている。そんなものはほしくないけど、いらないなんて言える？　わたしはひとり突っ立って待っている。上着のファスナーをいじりながら。あげてさげて、あげてさげて。わたしが車をあたためるのでもよかったのに。ジェイクがここで待っていてもよかったのに。やっとキッチンから出てくる。「全部を少しずつ詰めたわ」彼女は言う。「ケーキもね」ひと皿に盛ってホイルをかぶせたものを、わたしによこす。「傾けないように気をつけて。手がべとべとになるから」

「わかりました、気をつけます。あらためて、すてきな晩をありがとうございました」

「ええ、すてきだったわね。本当に今夜は泊まっていけないの？　わたしたちは大歓迎よ。部屋もあるし――」

ほとんど頼み込むような口調。今では顔の大小のしわが多く目につくほど近くにいる。

一段と老けて見える。くたびれて、やつれている。記憶に残したい姿じゃない。

「泊まりたいと思ってたんですけど、ジェイクは帰らないといけないから」

わたしたちは動きを止めたままでいたけれど、一瞬後、彼女が身を寄せてきてわたしをハグする。帰らせたくないみたいにわたしにしがみつき、わたしたちはしばらくその体勢をつづける。気づくと、わたしもおなじことを相手にしている。今夜のあいだで初めて彼女の香水を嗅ぐ。百合(ゆり)。嗅ぎ憶えのあるにおい。

「待って、忘れるところだったわ」彼女が言う。「まだいかないで」

わたしを抱擁(ほうよう)から解放し、ふたたびキッチンへ取って返す。ジェイクのお父さんはどこにいるのだろう？　皿に盛られた料理のにおいがする。食欲をそそらないにおい。帰る途中、ずっとこれが車にこもるのは勘弁してほしい。トランクに入れてもいいかもしれない。

ジェイクのお母さんがもどってくる。「今日、思ったの。あなたにこれを持っていてほしいと」

彼女は一枚の紙をくれる。何回か折りたたまれている。ポケットにおさまるくらい小さい。

「どうも」わたしは言う。「ありがとうございます」

「正確なことはもちろんもう忘れたけれど、完成までかなりの時間がかかったの」

わたしはひらこうとする。彼女が手をあげる。「だめだめ。ここでひらかないで！まだ早いわ！」

「どういうことです？」

「サプライズよ。あなたへの。到着したらひらいて」

「どこに到着したら？」

彼女は微笑むだけで答えない。やがて言う。「絵よ」

「ありがとうございます。お母さんが描いた絵ですか？」

「ジェイクが小さかったころ、わたしたちはよくいっしょにスケッチしたり、絵を描いたりしたの。ジェイクは芸術が大好きだった」

あのじめじめした地下室でいっしょに絵を描いたのだろうか？　まさか。

「わが家にはアトリエがあるの。静かな場所よ。わたしたちのお気に入りの部屋だった」

「だった？」

「今も。むかしは。さあ、わたしにはわからないわ。ジェイクに訊いて」

目がうるんできたので、おいおいと泣きだすんじゃないかと心配になる。

「ありがたくいただきます」わたしは言う。「ご親切にどうも。わたしたちふたりとも、きっと気に入ると思います。ありがとう」

「それはあなたのためよ。あなただけの。肖像画なの」彼女は言う。「ジェイクの」


今晩の出来事について、わたしたちはあまり話し合っていない。彼の両親のことも話題にしていない。車にもどったら、まずはそんなふうに夜をふり返るものとわたしは思っていた。お母さんや地下室のことについて尋ねたかったし、ジェイクの部屋でのお父さんとの会話のこと、お母さんがわたしをハグしたときのこと、わたしにくれたプレゼントのことを話したかった。訊きたいことは山のようにある。それなのに車に乗ってもうしばらくが過ぎた。どれだけ過ぎただろう？　よくわからない。気力が失われてきた。わたしは消え入ろうとしている。もっと元気なあしたになるまで、そういう話は待ったほうがいいのだろうか？

泊まらなくてよかった。わたしはほっとしている。ジェイクとわたしは、もしかしてあの小さなシングルベッドでいっしょに寝るはずだった？　両親のことは嫌いじゃない。ただ妙だったし、わたしはくたくたで、今夜は自分のベッドで寝たいと思う。ひとりになりたいと思う。

朝一番に彼の両親とおしゃべりをするなんて、考えられない。きつすぎる。おまけに家は寒いし、暗かった。最初に入ったときはあたたかく感じたけれど、長く過ごすうちに隙間風が気になってきた。きっとよく眠れなかっただろう。

「涙のしずくは空気力学的だ」ジェイクが言う。「車はすべて涙形に作るべきだ」

「え?」いきなりの発言で、わたしはなおも今夜のことや、起こったいろいろなことについて考えていた。ジェイクは家にいるあいだじゅうほとんど無口だった。理由は今でもわからない。家族といっしょだと、だれもが多少そわそわするものだし、今回はわたしと両親との初顔合わせだった。それにしてもだ。彼は明らかに口数が少なくて、存在が希薄だった。

わたしには眠りが必要だ。睡眠不足解消のため、二、三日ぶっとおしの眠りが。思考がぐるぐるまわりつづけることなく、うなされもせず、電話も、じゃまも、悪夢もない眠り。ここ何週間かはろくに眠れていない。もっとかもしれない。

「ああいう車がいまだに設計されて、燃費がいいという謳い文句で販売されているのは解せないね。ほら、あれなんかはずいぶん角ばってる」ジェイクはわたしの右の窓を指さすが、暗すぎて何も見えない。

「わたしはユニークなのはべつにいいと思う」わたしは言う。「すごくユニークなのもね。ほかとちがっているものが好き」

「定義上、すごく唯一無二（ユニーク）というのはあり得ない。ユニークか、そうじゃないかだ」

「はい、はい、そうね」付き合うにはわたしは疲れすぎている。

「それに、車はユニークであってはならない。あの車の持ち主はおそらく地球温暖化や気候変動について愚痴を言うくせに、ユニークな車ってやつを求めてるんだろう。車はすべて涙形にすべきだ。そうしてこそ、燃料効率に真剣に取り組んでいることを世間に示せる」

　またいつもの熱弁がはじまる。燃料効率なんて、正直言ってわたしにはどうでもいい。今も、元気なときでさえ。わたしが望むのは彼の実家での出来事を話し合い、家に帰って睡眠を取ることだけ。


「棚にあった写真の女の子は、だれ？」

「どの写真のこと？　どの女の子？」

「放牧地のなかかはずれにいた、金髪の子。あなたの部屋にあった」

「たぶんステフだろう。どうして？」

「興味を持っただけ。かわいい女の子ね」

「魅力的ではある。美人だとかそんなふうには見てなかった」

彼女はとてもかわいい。「デートする仲だったの？　それとも今もまだ友達？」

「かつての友達。少しのあいだデートした。高校を出た直後、少しのあいだ」

「彼女も生化学を勉強してたの？」

「ちがう、音楽だ。音楽が専門だった」

「どんな方面の？」

「いろんな楽器を演奏していた。教えてもいた。古い音楽を僕に初めて紹介してくれたのも彼女だ。クラシック、カントリー、ドリー・パートン、その手のものをね。ああいう歌には物語があった」

「今でも会うの？」

「いやあんまり。うまくいかなかったんだ」

彼はわたしではなく道路を真っすぐに見据えている。親指の爪を嚙みながら。これがべつの関係、べつのタイミングなら、わたしはもっとがんばったかもしれない。しつこく。あきらめずに。でも、わたしたちの進む方向がわかっている今では、その意味はない。

「うしろにいた男の人はだれ？」

「え？」

「うしろにいたの。彼女の。地面に男の人が寝ていた。彼女のほうを見てた。あなたじゃなかった」

「わからない。あらためて写真を見てみないと」

「だれだかわかるでしょう」

「あそこにある写真は、どれももう長いこと見てない」

「彼女が写っているのは、その一枚だけだった。それに不気味だった。だってその男の人は……」わたしはその先が言えない。なぜ言えないのだろう？

一分が過ぎる。ジェイクはわたしの質問をうやむやにするつもりなのかと思ったけれど、やがて口をひらく。「たぶん弟だ。たしかあのなかの一枚に写っていた記憶がある」

え？　ジェイクに兄弟がいる？　どうしてこれまで話題にのぼらなかったのだろう？

「兄弟がいるとは知らなかった」

「知ってるかと思ってた」

「知らない！　おかしいでしょう。わたしが知らないって、どういうこと？」

わたしは冗談めかして言う。でもジェイクは深刻な様子をしていて、冗談にしてはいけないような感じだ。

「兄弟は仲がいいの？」

「そうとは言えない」

「どうして？」

「家族の問題。複雑なんだ。弟は母に似た」

「あなたはちがうの？」

彼は一瞬わたしをにらんでから、ふたたび道路に目をもどす。あたりにはわたしたちしかいない。遅い時間だ。あの角ばった一台のあと、すれちがった車は多くない。ジェイクは前方の何かを凝視している。わたしの顔を見ずに訊いてくる。「きみにはふつうに見えた？」

「何が？」

「うちの家。うちの両親が」

「ふつうかなんて、どうでもいいじゃない」

「いいから答えて。知りたいんだ」

「そう。まあ、だいたいのところは」

どう感じているか本音を言うつもりはない。今は。いっしょに農場を訪ねることは、もうこれきりないのだから。

「せんさくするつもりはないけど、あなたには弟がいたわけね。お母さんとは具体的にどこが似てるの？」

この質問に彼がどう反応するか、わたしにはわからない。さっきは弟のことから話をそらしたがっている感じがした。でも訊くなら今が一番だろう。今しかない。

ジェイクは片手でひたいをこすり、反対の手はハンドルに置いている。

「数年前から、弟は問題をかかえるようになった。まわりは深刻なことだとは思わなかった。もとから極端に孤独を好むタイプだったんだ。人付き合いができなかった。僕ら家族は鬱なのかと思った。するとそのうち、弟は僕のあとをついてまわるようになった。危険なことは何もしなくとも、そんなふうについてまわるなんて異様だろう。やめるよう言っても、弟は聞かなかった。できることはあまりなかった。僕は自分の人生から弟を閉めだして、遮断するしかなかったんだ。自分で自分の面倒が見られないとか、そういうんじゃない。それはできる。精神をひどく病んでいるとも思えない。重症というほどには。回復は可能だと僕は考えている。思うに弟は天才で、不幸の底にいる。あんなにひとりでぼっかり過ごしているのは、つらいよ。だれもそばにいないのは、つらい。人はしばらくはそうやって生きていけるんだろうが……。弟は悲しさと孤独をつのらせた。僕が与えてやれないものを必要とし、求めた。今ではもうそれほど大きな問題じゃない。だけど当然ながら、そのことで家族の関係が変わってしまった」

十分大きい問題だ。彼の両親のことを、それにジェイクのことも、今のこの三十秒でより理解できた気がする。わたしは何かヒントをつかんだ感じがして、それを逃したくないと思う。わたしに、わたしたちに、わたしが考えている疑問に、影響してくることかもしれない。「ついてまわるって、どういうこと？」

「もういいんだ。弟がついてまわることはもうない。終わったことだ」

「でも、興味があるの」

ジェイクがラジオの音量をあげる。ほんの少しでも、会話の最中ということを思うと気分が悪い。

「弟は正教授になる道を進んでいたが、環境に対応できなかった。職を辞めざるを得なくなった。仕事はできても、それ以外のこと、同僚とのやり取りがからむことすべてが、大きな負担だった。人と交わることへの不安とともに、毎日がはじまる。面白いことに、弟は職場の仲間のことは好きだった。対話がうまくできないってだけでね。ふつうの人のようには。世間話とか、そういう」

話しながらジェイクが加速しはじめたのに、わたしは気づく。こんなに飛ばしているのを本人はわかっていないのだと思う。

「弟は生活費をかせぐ必要があったが、新たに仕事を探すとしても、発表を行う必要もなく、目立たずにいられるような職場でないとだめだった。そのころから調子が悪くなって、僕についてまわるようになった。頭のなかの声みたいにいつもそこにいて僕に話しかけ、命令し、圧力をかけるようになった。妨害行為か何かのように僕の人生のじゃまをした。微妙なことをして」

「どういうこと？」

さらにスピードがあがっていく。

「僕の服を着るようになったんだ」

「あなたの服を？」

「さっきも言ったとおり弟は問題をかかえてる。かかえていた。一生治らないとは思わない。今ではよくなった。ずっとよくなった」

「ふたりは仲良しだったの？　弟さんが病気になる前は？」

「仲がよすぎるということはなかった。だけど、それなりにやっていた。ふたりとも頭がよくて競争心旺盛で、そんなところから来る絆があった。たぶんね。あんなことになるとは予想してなかった――あんなふうに病むとは。感情を抑えられなくなるというか。

めずらしい話じゃない。でも、他人を知るとはどういうことか考えさせられるよ。あれは僕の弟だ。だけど、本当にあいつを知っていたかわからない」

「大変だったでしょうね。だれにとっても」

「ああ」

ジェイクは加速はしてないようだが、それでも飛ばしすぎている。外は悪天候。しかも真っ暗だ。

「お母さんはストレスを受けつづけてきたとお父さんが言っていたのは、そのことだったのね」

「そんなことをいつ言った？ なぜきみにそんなことを？」

またしてもアクセルを強く踏む。今度はエンジンの回転する音がする。

「わたしがあなたの部屋にいるのを見かけたのよ。それでお父さんは話をしに入ってきた。そのときにお母さんの体調の話をした。詳しいことまでは言わなかったけど……。ねえ、どれだけ飛ばすの、ジェイク？」

「抜毛癖の話は聞いた？」

「え？」

「母が髪を抜く話。弟にもそれが見られた。母はその癖をとても気にしている。眉毛とまつ毛はほとんど抜いてしまった。今では頭の毛もむしりはじめた。今夜も、髪の薄くなった箇所がところどころ見えた」

「それはひどい」

「母はとても繊細なんだ。そのうちよくはなるだろう。ここまで悪化してたとは僕は知らなかった。こんなに張り詰めた空気になるとわかってたら、きみを呼んだりはしなかった。僕の頭のなかでは、こうなる予定じゃなかった。だけど、僕の地元を見せたかったんだ」

家を訪れてから初めて、この夜のうちで初めて、わたしはジェイクに少しだけ近づけた気がする。彼はわたしに打ち明けてくれている。その誠実さに感謝したい。どれもわざわざする必要のない話だった。しゃべるのも考えるのも、簡単な話題じゃないはずだ。その種のこと、その種の感情こそが、あらゆるものをこじれさせるもとになっている。たぶんわたしはまだ心を決めていない。彼のこと、わたしたちのこと、終わりにすることについて。

「家族には変な癖があるものよ。どの家族にも」

「来てくれてありがとう」彼は言う。「本当に」

わたしは手の上にべつの手を感じる。

――いっしょに働いていたほぼ全員と話をして、全容が見えてきた。彼は体に不調があらわれていた。症状が。みんな気づいていた。腕と首には発疹があった。しょっちゅうひたいに汗をうかべていた。放心したような様子で自分の机にすわって壁を見つめているのを、数週間前に目にした者もいる。

――問題を感じさせますね。

――今にして思えばね。ただし、みんなそのときは個人的なこと、本人の健康の問題だと考えた。だれも干渉したがらなかった。ちょっとした事件もあった。一年ほど前からか、休憩中に大音量で音楽を流すようになったんだ。音量を落としてくれとまわりが頼んでも、無視してまた最初から曲をかける。

——正式に苦情を出そうとは、だれも思わなかったんですか？

——音楽を流したからといって？　そこまでの問題とは思われなかった。

——まあ、そうでしょうね。

——聞き取りをしたうちのふたりが、彼がノートを持っていたことにふれた。彼はたくさんものを書いた。ただし、何を書いているのか、だれも尋ねなかった。

——ええ、わかります。

——そのノートをわれわれは発見した。

——なかには何が？

——本人の文章だ。

——とてもきちんとした、ていねいな筆跡だった。

——それより中身は？

——なんの中身？

——ノートですよ。それこそが大事なところでしょう。彼が何について書いていたかが。中身が。それが何を意味するのか。

——そのとおりだ。じつは、われわれはまだ読んでいない。

「途中で甘いものでも食べていく？」

会話はそれなりに弾(はず)んでいたけれど、わたしからあれこれ訊くのはやめていた。ジェイクの家族のことにはもうふれていない。彼を困らせてはいけない。たぶんプライバシーは大事なんだと思う。それでもわたしは今も彼の言ったことを考えている。ようやく彼を理解し、彼の過去の苦労がわかりはじめた気がした。共感する気持ちが湧いてきた気がした。

頭痛のことにも車に乗ってからふれてない。ワインのせいでますますひどくなった感じだ。それに古い家の空気のせいで。頭全体が痛い。首をのばして頭を少し前に出すような姿勢を保って、いくらかでも痛みをしのいでいる。ほんのいくらかだけど。弾んだり揺さぶられたりといった動きはことごとくつらい。

「もちろん、寄ってもいいわ」わたしは言う。

「だけど、きみは寄りたい？」

「どっちでもいいけど、寄りたいなら喜んで付き合う」

「また答えにならない答え」

「え？」

「こんな時間にやってるのはデイリークイーンくらいだろう。だけど乳製品（デイリー）以外のものもあるはずだ」つまり彼は憶えていたのだ。わたしが乳糖不耐症だということを。

車の外は暗い。ふたりとも帰りは行きより口数が少なかった。おたがい疲れているんだと思う。内省的になっているんだと思う。雪が降っているかはよくわからない。たぶん降っている。でも激しくはない。今のところは。ほんの降りはじめ。わたしはどちらかというと自分だけで笑って、窓の外をながめる。

「どうした？」彼が言う。

「すごくおかしいじゃない。おうちでは乳製品が入っていたせいでデザートが食べられず、そしてわたしたちは今からデイリークイーンに寄って、何か食べようとしている。それもこの冬の真っただなかに。外は凍（こご）える寒さで、たぶん雪が降ってる。べつにいいの。ただおかしいだけ」おかしい以外の言い方もできそうだが、何も言わないことにする。

「もう何年もスコールブリザードを食べてない。僕はそれにしようかな」彼は言う。スコールブリザード。案の定。なんてわかりやすい。

車を入れる。駐車場はがらがら。隅のほうには公衆電話のブースがあって、べつの隅には金属製のごみ箱が置いてある。最近は公衆電話を見かけることはあまりない。ほとんどは撤去された。

「まだ頭痛がする」わたしは言う。「疲れてるんだと思う」

「よくなったのかと思ってた」

「あんまり」ひどくなっている。ほとんど偏頭痛のよう。

「どのくらいひどいの？　偏頭痛みたい？」

「そこまでじゃない」

車を出ると、外は寒くて風が強い。雪はまちがいなく激しさを増している。降るというより、渦を巻いている。まだ地面には残らない。でも、積もりだしたらあっという間だ。そのころにはできれば鎮痛剤を飲んでベッドに入っていたい。あした頭痛が消えていたら、朝は雪かきして過ごそうと思う。冷たい空気は頭に心地いい。

「大荒れになりそうだな」ジェイクが言う。「凍りつくような風だ」

煌々（こうこう）と照らされたデイリークイーンの店内を見て、わたしは吐き気がする。もちろん店はがらがらだ。そもそもなぜ今夜あいているのか、不思議に思わずにはいられない。ドアに営業時間が書かれているのが目に入り、あと八分で閉店だと計算する。店に入ってもチャイムは鳴らず、店内のBGMが頭上から流れてくることもない。人のいないテーブルは片づいていて、丸めたナプキンも、空のカップも、食べ物のくずも残っていない。閉店の準備が整っている。装置や冷凍庫の発する鈍い金属のうなりが重なり合って、ノイズを生じさせている。わたしは受話器をあげたときの発信音を思いだす。それに、においもする。化学製品のような感じのにおい。光るメニューを見あげながら、わたしたちは待つ。

彼はメニューを読んでいる。目つきや、あごをさわる仕草でわかる。「乳製品以外のものも、きっとあるはずだ」ふたたび言う。

ジェイクは長い真っ赤なプラスチックのスプーンを取ってきて、すでに手に持っている。そんなふうに自分だけ取ってきたことが腹立たしい。わたしに食べられるものがあるかすらわかっていないのに。先はまだまだ長い。嵐が激しくなればさらに時間がかかる。農場で一泊したほうがよかったのかもしれない。でもとにかく、わたしにとって居心地のいい場所ではなかった。たぶん。ジェイクがあくびをする。

「大丈夫？　ここから家までは、わたしが運転しようか？」わたしは尋ねる。

「大丈夫、平気だよ。きみより量を飲んでない」

「わたしたちはきっちりおなじだけ飲んでる」

「だけど断然きみのほうが影響が大きい。主観性なんかに対しての」さらに大きなあくびをし、今度は口に手をあてる。「ほら、いろんな風味のレモネードがあるよ。冷たい乳製品無添加レモネードが」彼は言う。「きっと気に入るよ」

「気に入る。そうね」わたしは言う。「じゃあ、それにする」

ふたりの従業員が裏から出てきていた。わたしたちに平和を乱されて不満げな顔をしている。若そうだ。ふたりとも十代だろう。姿も形もちがうが、それ以外のところは全部そっくり。おなじ染めた髪、おなじ黒い細身のズボン、おなじ茶色いブーツ。ふたりともこんな場所にはいたくないという顔を隠してないが、それも無理はない。

「レモネードのSサイズをひとつ。いや、レモネードふたつにしよう。ここのMサイズって大きさはどのくらい？」ジェイクが尋ねる。

ひとりの女の子が大きめの紙のカップをつかんで、上にあげる。「Mサイズ」気のない調子で言う。もうひとりが背を向けて、くすくす笑う。

「それでいい」ジェイクは言う。「Sサイズひとつに Mサイズひとつ」

「Sサイズのほうは、ただのレモネードじゃなくてイチゴのレモネードにして」わたしは女の子に言う。「乳製品は入ってないんでしょう？」

女の子がもうひとりに「レモネードにアイスクリームは入ってないよね？」と尋ねる。もうひとりは今も笑いがおさまらず、答えるのに苦労する。最初の女の子も今では笑っている。ふたりは顔を見合わせる。

「アレルギーはどれくらいひどいんですか？」ふたり目のほうが尋ねる。

「死にはしないわ。体調が悪くなるくらいで」

ふたりはわたしたちを知っていて、気まずさを感じているとでもいった雰囲気だ。親の友人が来店したとか、どちらかの先生がいきなりやってきて、その対応をしないといけない、といったような。ふたりの反応はそんな感じだ。わたしはジェイクを見る。彼は気づいてないらしい。最初の子がジェイクのことを見てから、もうひとりに何かをささやきかける。またしてもふたりは笑いだす。

さらに三人目。裏から出てくる。話を聞いていたようで、無言でわたしのレモネードを作りはじめる。あとのふたりも彼女には話しかけもせず、存在に気づいた素振りも見せない。

三人目が装置から顔をあげる。「においがして、すみません」彼女は言う。「奥でニス塗りをしてるから」

ニス塗り？　デイリークイーンで？　「大丈夫よ」わたしは言う。

唐突な感覚だが、まちがいない。わたしはこの子を知っている。見覚えはあるけれど、いつどこで会ったのかはわからない。顔、髪の毛。体つき。この子を知っている。

彼女はそれきりしゃべらない。黙々と仕事に取りかかり、レモネードを作っている。正確には、カップの準備をする。スイッチのボタンを押して、つまみをひねる。彼女はお店で列にならぶみたいに装置の前に立っている。機械が作業をするあいだ、空のカップを下で押さえて、液体が吐きだされるのを待つ。

こんなことは初めてだ。赤の他人に見覚えがあるなんて。ジェイクには言えない。あまりに異様な話に聞こえるにちがいない。実際、異様だ。

この女の子はガリガリで弱々しい。どこか様子が変だ。同情をおぼえる。黒い髪は長くのばしたままで、それが背中と顔のほとんどを覆っている。手は小さい。ネックレスや指輪などのアクセサリーは、ひとつもつけていない。見るからに弱々しくて不安げ。おまけに発疹がある。ひどい発疹が。

わたしのいる場所からも見えるほどの大きさで、手首から数センチほどのところから肌が盛りあがってでこぼこしている。ひじにあがるにつれてひどくなり、赤みも増す。わたしは彼女の発疹をしげしげと見る。痛くて痒そうだ。それに乾いてかさかさしている。きっと掻きむしってしまうのだろう。目をあげると彼女がこっちを見ている。わたしを見つめている。わたしは顔を火照らせて、床に目を落とす。

ジェイクはこっちを気にしていない。でも、今も彼女がわたしを見ているのがわかる。ひとりの子の忍び笑いが聞こえる。ガリガリの子はカップに蓋をし、それをカウンターに置く。片手があがって、指で発疹を掻きはじめる。好きで掻いているというふうではない。わたしは見ていたいとは思わない。彼女は腕からえぐりだそうとでもするように、でこぼこを掻きむしっている。今では手が震えている。

機械がまわりつづける。当然ながら、女の子たちはだれひとりとしてここにいたいとは思ってない。冷蔵庫に冷凍庫、蛍光灯に金属製の機器、それに赤いスプーンに、ビニール包装のストローに、カップディスペンサーに、静かだが絶え間ない頭上の雑音といっしょの、この無菌のデイリークイーンには。

同僚ふたりにからかわれているとすれば、なおのことつらいだろう。ガリガリの子が取り乱しているように見えるのは、それが理由だろうか?

このデイリークイーンに限定した話じゃない――この場所、この町。ここが町なのだとすれば、だが。何があれば町なのか、町はいつから都市になるのか、わたしにはよくわからない。たぶんここはいずれでもない。忘れ去られ、切り離された場所という感じがする。世界から隠された場所。ここから出られないとしたら、わたしなら腐ってしまうだろう。ほかにいく場所がないとしたら。

銀色の装置内のどこかで氷が砕かれ、濃縮レモンジュースと大量のガムシロップが混ぜられる。乳製品は入ってなかろうと甘ったるいのはまちがいない。

氷のように冷えたレモネードが、装置から二個目のカップに注がれる。いっぱいになると機械が止まり、女の子はそっちにもプラスチックの蓋をする。そして、わたしのところまで運んでくる。近いといっそう哀れな様子に見える。彼女の目のせいだ。

「ありがとう」わたしは言い、レモネードに手をのばそうとする。返事を期待してなかったので、話しかけられて驚く。

「心配なの」彼女はわたしにというより、独り言のようにつぶやく。あとのふたりが聞いているか、わたしはふり返って確かめる。こっちのことは気にしていない。ジェイクもおなじだ。

「何か?」

彼女は床に目を落としている。両手を体の前に出したまま。

「こんなことは言っちゃいけない。それはわかってる。何が起こるか、わたしにはわかる。怖いの。わかるから。いいことじゃない。悪いこと」

「あなた、大丈夫？」

「いかなくていいんですよ」

脈が速まるのがわかる。ジェイクはたぶんストローとナプキンをディスペンサーからもらおうとしている。結局わたしたちにスプーンは必要ない。

ひとりの子が笑う。さっきより大声で。わたしの前のガリガリの子は今も下を向いていて、髪で顔が隠れている。

「何が怖いの？」

「自分のことで怖いんじゃない。人のことで怖いの」

「だれのことで？」

彼女はカップを持ちあげる。「あなた」そう言うと、わたしにカップを手わたして厨房に消える。

ジェイクはいつもながらまわりを気にしてない。わたしたちは車にもどるが、彼はデイリークイーンの女の子たちのことはまったく話題にしない。ときどきとても無自覚になって、自分のことしか考えなくなる。

「あの女の子のことを見た？」

「どの子のこと?」

「レモネードを作った子」

「女の子は数人いた」

「ちがう、ドリンクを作ったのはひとりよ。ガリガリの子。髪の長い」

「さあ」彼は言う。「さあね。みんなガリガリじゃなかった?」

わたしはもっと言いたい。あの子のこと、あの子の発疹、悲しい目のことをしゃべりたい。なぜ彼女が怖がっていたのか理解したい。彼女がわたしのことで怖がるなんて、意味がわからない。

「飲み物はどう?」ジェイクが尋ねる。「甘すぎない?」

「平気。甘すぎるまではいかない」

「だから僕はレモネードとかフローズンドリンクとか、そういうアイスドリンクを買いたくないんだ。だいたいがうんざりするほど甘い。ブリザードを頼めばよかった」

「食べたいときにアイスを食べられるのっていいでしょうね」

「僕の言いたいことはわかるだろ」

手に持ったカップを揺すって、ストローを上下させると、こすれてギーギーと音が鳴る。「酸味もある」わたしは言う。「人工の酸味だけど酸っぱいにはちがいない。それで甘さがやわらぐわ」

ジェイクの飲み物はカップホルダーのなかで溶けつつある。もうすぐすっかり液体になる。飲んだのはせいぜい半分だ。

「こういうのは飲みきるのに苦労するってことをいつも忘れる。SサイズでよかったMサイズはちっともMサイズじゃない」

わたしは前に身をのりだしてヒーターを強くする。

「寒い？」ジェイクが訊く。

「うん、少しね。レモネードのせいかも」

「それに今は吹雪だ。冷たい飲み物を買おうだなんて、だれが考えた？」

ジェイクがこっちを見て、眉毛をあげる。

「何を考えていたのか自分でもわからないよ」彼は言う。「こういうのは四口も飲めば嫌になる」

「わたしからは何も言わない」わたしは両手をあげる。「ノーコメント」

ふたりでいっしょになって笑う。

ジェイクと車で過ごすのは、たぶんこれが最後だろう。彼がこんなふうに冗談を言い、満足げにしているのを見ると、残念にも思える。終わりにすべきじゃないのかもしれない。そのことを考えるのはやめて、純粋に彼のことを楽しむべきなのかもしれない。わたしたちのことを。他人を深く知ることを。どうしてわたしは自分たちを追い詰めようとするのだろう？　いつかわたしは恋に落ちて、今の不安がすっきり消えるかもしれない。状況はよくなるかもしれない。それはあり得なくないかもしれない。時間と努力でなんとかなるものなのかもしれない。でも自分の考えていることを相手に話せないとしたら、それはいったい何を意味しているのだろう？

きっとよくない兆しなのだと思う。まさにちょうど今、彼もわたしについておなじことを考えていたとしたら？　むしろ彼のほうが終わりにしようと考えていて、でもまだ楽しいからとか、わたしに完全に嫌気が差していないとかで、先を見極めるためにわたしをそばに置いていただけかもしれない。彼が頭でそんなことを考えてたとしたら、わたしとしては面白くない。

終わりにしないと。そうしなければ。

〝悪いのはそっちじゃない、こっちのほう〟という常套句(じょうとうく)を聞くたび、わたしはつい笑ってしまう。でも今回はまさにそのとおりだ。ジェイクはジェイクだというだけ。彼は人柄もいい。賢いし、彼なりにハンサムだ。もし彼がろくでなしか、ばかか、意地悪か、不細工か何かだったなら、終わりにするのは彼のせいということにもなるだろう。でもまったくそうじゃない。彼はひとりの人だ。わたしは単純にふたりがお似合いだと思わない、それだけ。ある要素が欠けているし、正直に認めるなら、最初からずっとそれが足りなかった。

だから、わたしはきっとこう言う——悪いのはあなたじゃなくて、わたし。これはわたしの問題。問題があるのはわたしのほう。わたしはあなたを気の毒な立場に置こうとしている。あなたはいい人。わたしはいくつかのことを克服する必要がある。あなたは先に進む必要がある。わたしたちはもうちゃんと努力した。それに未来に何があるかはわからないでしょう。

「気がすんだみたいだね」ジェイクが言う。

わたしはいつの間にかレモネードをカップホルダーに置いていた。中身は溶けかけている。もういい。気がすんだ。

「体が冷えたわ。何かが溶けるのを見ていて寒さをおぼえるのって、不思議ね」

「ちょっと無駄な寄り道だった」彼がこっちを見る。「悪かったね」

「吹雪のなか、なんにもない場所にぽつんとたたずむデイリークイーンにいったって、少なくとも人に話せるわ。二度とする経験じゃないでしょう」

「カップを捨てないとな。溶けてホルダーがべとべとになる」

「そうね」わたしは言う。

「どこにいけばいいか心当たりはある」

「捨てるためにってこと？」

「このまま真っすぐいくと、左に道があらわれる。そこをしばらく進むと学校があるんだ。高校が。そこで捨てられる」

このカップを捨てることが本当にそんなに重要？　それだけのために、なぜわざわざ寄り道しないといけないのだろう？

「遠くはないんでしょう？」わたしは尋ねる。「雪がましになることはなさそうよ。わたしはとにかく家に帰りたい」

「そこまで遠くはないと思う。窓からカップを投げ捨てたくはないからね。きみもこの周辺をもう少し見られるし」

この周辺をもう少し〝見る〟というのが冗談のつもりなのか、はっきりはわからない。窓から外をながめる。吹雪と闇の混ざり合ったものが見えるだけだ。

「僕の言いたいことはわかると思う」彼は言う。

道をさらに何分か走り、左折できる場所に出る。ジェイクはそこをまがる。これまでの道を田舎道だと認識していたとすれば、わたしはここで考えをあらためないといけない。今度の道は車二台通れる幅もない。木が生い茂っていて、まるで森のよう。

「この先だ」ジェイクが言う。「思いだしてきた」

「でも、そこの高校に通ったんじゃないんでしょう？　家からは距離がありすぎる」

「生徒だったことはないよ。だけど、前にこのあたりまで車で来たことがある」

道は細く、右へ左へくねくね蛇行する。わたしに見えるのはヘッドライトのとどく範囲だけ。森は草地に変わった。それでも視界はほぼゼロだ。窓に手の甲をつける。ガラスが冷たい。

「正確には、ここからどのくらいなの？」

「それほど遠くはないと思う。憶えてない」

なぜわたしたちはこんなことをしているのだろう。飲み物が溶けたってかまわないのでは？　こんな草地の一帯をどこまでだか分け入っていくより、家に帰って自分で汚れをきれいにするほうがいい。まったくわけがわからない。こんなことは終わりにしたい。

「昼間はきっとすてきなんでしょうね。のどかで」わたしは前向きになろうとして言う。

「ああ。たしかに人里離れた場所だ」

「道はどう？」

「ぐちゃぐちゃで、すべる。ゆっくりいくよ。まだ除雪されてない。もうそれほどはかからないはずだ。悪いね、もっと近いと思ってた」

わたしはだんだん不安になる。すごくじゃない。少しだけ。長い夜だった。到着までの道のり、農場を歩いてまわったこと、両親との対面。お母さん。お父さんの言ったこと。弟。もう終わりにしようと、そのあいだじゅうずっと考えていたこと。いろいろあった。そしてここへ来てさらにこのまわり道。

「ほら」彼が言う。「あってた。そこの先。やっぱりだ。見える？　あれだよ」

数百メートル先の右側に大きな建物がある。目を凝らしてもそれ以上のことは見えない。

ようやくだ。すんだら、たぶんわたしたちは家に帰れる。

結局彼は正しかった。この学校が見られてよかったとわたしは思う。ここは巨大だ。毎日二千人の生徒が通ってくるにちがいない。これぞという感じの、むかしの田舎のマンモス高校。正確な生徒数はもちろんわからないけど、相当な数のはずだ。しかも、こんな長々とつづく細い道の奥に。

「こういう学校だとは想像してなかったんだろう」彼が言う。

自分が何を想像していたかはわからない。これでないのはたしかだ。

「なんにもないこんな場所に、どうして学校が？」

「カップを捨てられる場所がどこかにあるはずだ」ジェイクは速度をゆるめながら正面に車を寄せ、前を走り過ぎる。

「ほら」わたしは言う。「すぐそこ」

ならんだ窓の前に、シングルギアの自転車が一台が固定されたスタンドと、緑のごみ箱がある。

「まさしく」彼が言う。「よし。すぐにもどってくる」

親指と人差し指でつまんで、ふたつのカップをまとめて片手で持つ。ひざでドアをあけ、外に出てバンと音を立てて閉める。エンジンはかけたままだ。

自転車スタンドの前を過ぎてごみ箱へ向かうジェイクを、わたしはながめる。肩を丸めて首をうなだれた、いつもの内股歩き。初めて見た人は、背中が丸いのはこの寒さ、この雪のせいだと思うだろう。でも、あれが彼なのだ。わたしは彼の歩き方、彼の姿勢を知っている。見てわかる。のっそりした足取りの、雑な大股歩き。彼と何人かをウォーキングマシーンに乗せて、脚から下の部分をわたしに見せるといい。警察の面通しではないけれど、歩き方だけで彼をあてられるはずだ。

フロントガラスのワイパーを見る。機械的なキュッキュという音がする。ガラスにきつくあたりすぎているのだ。ジェイクは片手にカップを持っている。反対の手にはごみ箱の蓋。彼はなかをのぞいている。さあ、早く、さっさと捨てて。

ただ突っ立っている。何をしているのだろう？

車をふり返って、わたしを見る。肩をすくめる。ごみ箱の蓋をもどし、そのまま真っすぐに、車とは反対の方向に歩いていく。どこへいくつもり？　彼は一瞬学校の角で足を止めたあと、さらに右奥に進みつづけて学校の横手に消えていく。手にカップを持ったまま。

なぜ捨てなかったのだろう？

あたりは真っ暗だ。街灯はない。この田舎道に入ってからは、なかったように思う。あまり気づかなかった。唯一の明かりは、学校の屋根から照らされる、投光照明の黄色いひと筋の光のみ。ジェイクは田舎は真っ暗になると話していた。農場にいたときはそれほど感じなかった。ここはまちがいなく暗い。

彼はどこにいくつもり？　わたしは左に体をのりだしてヘッドライトを消す。目の前から駐車場が消える。全体に対してたったひとつの照明。暗闇が多すぎる。空間が広すぎる。雪はいよいよ激しくなってくる。

わたしは夜の学校の外にいた経験はあまりないし、ましてやこんな辺鄙（へんぴ）な場所の、田舎の学校の外にいたことなどあるわけもない。実際にどんな人がこの学校に通っているのだろう？　きっと農家の子たちだ。バスで運ばれてくるにちがいない。でも周辺に家はない。ここにはなんにもない。道が一本、森、草地、そしてまた草地。

そういえばむかし、必要があって夜の学校にもどった経験が一度ある。行事や打ち合わせのために、放課後に一時間ほど居残ることはときどきあった。その程度なら、ふだんの学校の時間とあまり差は感じない。でも、わたしはあるとき夕食後に、みんなが帰ったあとの真っ暗な高校にもどった。先生もいない。生徒もいない。何か忘れ物をしたのだが、なんだったかは憶えていない。

驚いたことに、校舎の玄関はあいていた。最初わたしは、施錠されていると思って両びらきのドアをノックした。学校のドアをノックするなんて妙な感じだったけれど、とにかくたたいた。それからハンドルをつかむと、鍵はあいていた。そこからそっと入った。なかは静まり返っていて、がらんとして、ふだんの学校の様子とは正反対だった。学校にひとりきりというのは、それまでにない体験だ。

ロッカーがあるのは校舎の奥なので、人気（ひとけ）のない廊下を進んでいかないといけなかった。わたしは英語クラスの教室のところまで来た。そのまま通り過ぎようとして、ふとドアの前で足を止めた。椅子はすべて机の上にあげてあった。ごみ箱は廊下のわたしのすぐそばの場所に、まとめて出されていた。用務員の人がいて、掃除をしていた。わたしはここにいてはいけないと思いながらも、すぐには去らなかった。そして少しのあいだ、その人物を観察した。

用務員の人はメガネをかけて、ぼさぼさの頭をしていた。掃き掃除の最中だった。てきぱきしてはいなかった。ゆっくり時間をかけていた。教室がいつもきれいになっていることについて、それまでわたしは気に留めたこともなかった。生徒のわたしたちは毎日授業を受けにやってきて教室を占拠しては、散らかし放題にして帰っていく。翌日ふたたび登校すると、教室はきれいになっている。わたしたちはまた汚す。そして翌日、わたしたちが散らかした痕跡はすっかり消えている。気づくことさえなかった。生徒はみんなそうだ。気づくのは、きれいになっていないときだけ。

用務員のその人は大型ラジカセのような機械でテープを流していた。音楽ではなく物語だった。テープに入れた本といったような。ものすごい大音量にしてあった。ひとりの声。語り手ひとり。用務員は几帳面(きちょうめん)に仕事をしていた。わたしのことは見なかった。

あの子たち。あのデイリークイーンの。きっとここの高校の生徒にちがいない。通うには遠そうだ。でもデイリークイーンのあった場所が、きっとここから一番近い町なのだろう。もう一度ヘッドライトをつける。ジェイクはどこ？　何をしているの？

ドアをあける。明らかに雪は激しさを増していて、ドアのなかまで吹き込んできて、溶けて濡らすまでになった。わたしは身をのりだして、暗闇に目を凝らす。

「ジェイク？　何してるの？　もういいでしょう」

返事はない。数秒のあいだ、あけたドアを押さえ、顔を風にさらして耳を立てる。

「ジェイク、もういこうよ！」

何も聞こえない。

わたしはドアを閉める。ここがどこなのか、さっぱりわからない。地図で現在地を示せるとも思えない。できるはずがない。たぶんこの場所は地図には載ってないだろう。そしてジェイクはわたしを置き去りにした。今はわたししかいない。ひとりきり。この車に。注意して見ていたわけじゃないけれど、通る車は一台もなかった。もっともこんな道をやってくる車などあるはずがない。夜はとくに。知らない場所で車に置き去りにされた経験が、過去にあっただろうか？　身をのりだしてクラクションを鳴らす。一回、二回。三回目は長く、けたたましく。わたしはもうとっくにベッドに入っているはずだった。

どこでもない場所。ここはどこでもない場所。都市でも町でもない。ここは草地、森、雪、風、空だが、それは何も意味しない。わたしたちがここにいるのを見たら、あのデイリークイーンの子たちはどう思うだろう？　腕に発疹のあるあの子。盛りあがったでこぼこのあるあの子。夜のこんな時間になぜわたしたちがここに寄ったのか、なぜ自分の高校にいるのか、不思議に思うにちがいない。あの子には同情をおぼえた。できるならもっと話がしたかった。なぜわたしにあんなことを言ったのか？　なぜ怖がったのか？　何か力になってあげられたかもしれない。たぶん、わたしは何かしら行動に出るべきだったのだ。

想像だけれど、彼女にとって学校は楽しい場所ではないのだろう。きっと淋しい場所だ。学校にいるのは好きじゃないはずだ。頭もよく能力もあるのに、いろんな理由から登校するより下校するほうを好む。学校は好きな場所でないといけないし、歓迎されていると感じられないといけない。でも、そうじゃないんだと思う。ただのわたしの印象。深読みのしすぎかもしれない。

グローブボックスをひらく。いっぱいつまっている。中身はふつう入っているような地図や書類ではない。丸めたクリネックスだ。使用済み？　それとも丸めただけ？　やけにいっぱいある。ひとつには赤いものがついている。血の染みだろうか？　わたしはクリネックスをどける。鉛筆も一本ある。それにメモ帳が一冊。メモ帳の下には何枚かの写真と、キャンディの包み紙のごみ。

「何をしてる?」

彼は車に乗り込もうとしているところで、顔を赤くし、肩と頭に雪をのせている。

「ジェイク! もう、怖がらせないでよ」わたしはグローブボックスを閉じる。「こんな長いこと何してたの? どこにいってたの?」

「カップを捨てようとしてた」

「ほら」わたしは言う。「早く入って。もういこう」

彼はドアを閉めると、わたしを乗り越えて体をのばし、グローブボックスをあける。なかを見て、また閉じる。くっつけてきた雪がだんだん溶けてくる。前髪はぐしゃぐしゃで、ひたいに貼りついている。車内の暖気でメガネがくもる。彼はなかなかのハンサムだ。赤い頬をしていると、とくに。

「なんであそこのごみ箱にカップを捨てなかったの? 前までいったのに。見てたのよ」

「あれはごみ箱じゃなかった。グローブボックスをあけて何を探してた?」

「何も。探してたんじゃない。待ってたの。ごみ箱じゃなかったって、どういうこと?」

「道路に撒く塩が入ってた。凍結したときのための。きっと裏にごみ捨て場があるはずだと思ったんだ」メガネをはずしながら彼は言う。くもったメガネを拭くのにいいシャツの部分をコートの下から見つけだすまで、何度か試行錯誤する。こんなふうにシャツでメガネを拭く姿を、わたしは前にも見た。

「そしたらあったよ。ごみ捨て場が。でも、僕はさらに奥までいった。裏には巨大なグラウンドがあった。先の先まで果てしなくつづくようだった。向こう側が全然見えなかった」

「ここは好きじゃない」わたしは言う。「あなたが何してるのか見当もつかなかった。体が冷えきったでしょうに。それにしても、まわりに家もない遠い場所に、どうしてこんな大きな学校がぽつんとあるの？　学校を建てるには家と人と生徒が必要でしょう」

「この学校は古い。大むかしからここにある。状態が悪いのはそのせいだ。半径四十マイルの農場の子たちは、みんなここに通う」

「それか、通った」

「というと？」

「学校が今もやってるかわからないじゃない。もしかしたら、閉鎖になってまだ解体されてないのかもしれない。今、自分でもぼろぼろだって言ったでしょう。わからないけど。ここはがらんとした感じがする。空っぽな感じが」

「休みで閉まっているだけかもしれない。その可能性はある。ふつうの学校はもう休みは明けた？」

「わからない。わたしは感じたことを言っているだけ」

「学校がやってないなら、なんのために容器に道路用の塩を入れてあるんだろう」

それはそうだ。説明は思いつかない。

「やけに蒸すな」ジェイクが言う。メガネを片手に持ったまま、今ではシャツの裾で顔をぬぐっている。「裏にトラックが一台あった。つまり生憎(あいにく)だが、ここは廃校で無人だというきみの説は眉唾ということになる」

今のように生憎だがなんていう言葉を会話で使う人は、彼以外に知らない。ついでに、眉唾も。

「どこの裏？」

「学校の裏。ごみ捨て場があった場所。黒いトラックがあった」

「本当に？」

「ああ、錆のういた古い黒のピックアップだ」

「捨ててあるのかも。ぼろ車だとしたら、人里離れた古い校舎の裏なんて廃棄するのにもってこいじゃない。これ以上ない場所かもね」

ジェイクがわたしを見る。彼は考えている。この表情は前にも見た。わたしの見知った、そしてわたしが好きで惹かれる彼独特の癖を見ていると、愛しさと心地よさを感じる。ここにいてくれてよかったと思う。彼はふたたびメガネをかける。

「車のマフラーから水が垂れてた」

「だから?」

「だから、トラックは動いてた。マフラーから結露した水が出ているということは、少し前までエンジンがかかってたということだ。ただあそこに置いてあるんじゃない。それに、雪にタイヤの痕がついていたようにも思う。ともかく、マフラーから水が垂れていたのはたしかだ」

わたしは何を言っていいかわからない。どうでもよくなってくる。急速に。「ところで、トラックがあるからといって、だからなんなの?」

「つまり、なかに人がいるということだ」彼は言う。「働いている人とかが。だれかが校内にいる、そういうことだよ」

わたしは少し待ってから言う。ジェイクがぴりぴりしているのが感じられる。理由はわからない。

「ほかにもいくらでも考えられるでしょう。たとえば——」

「ちがう」彼がきつく言い返す。「現実にそうなんだ。だれかがなかにいる。いなくていいなら、こんな場所にはいなかっただろうだれかが。ここ以外の場所、どこかべつの場所にいられるなら、そいつはそっちにいた」

「わかった。わたしはただ言ってるだけ。たとえばだけど、相乗りしてきて一台が置きっぱなしになっているのかもしれない」

「なかでひとりで働いてるんだ。用務員が。子供たちの後始末をして掃除をしている。だれもが寝ているあいだに、ひと晩じゅうそういうことをしているんだ。つまったトイレ。ごみ袋。食べ残し。十代の少年らは面白半分にトイレの床に小便をする。考えてもみてくれ」

わたしはジェイクから目を移して、横の窓から学校を見る。こんな大きな校舎をきれいに保つのはひと苦労だろう。生徒が一日過ごした学校は、嵐のあとのような惨状だ。とりわけトイレとカフェテリアは大変なことになる。その全部の掃除をひとりでやらないといけない？　たった数時間で？「そんなことはいいから、とにかく出発しよう。ただでさえもう遅いんだから。あしたは仕事でしょう」

そしてこの頭痛。またしてもひどくなってくる。デイリークイーンを出てから初めてジェイクは車からキーを抜いて、ポケットにしまう。アイドリングしたままになっていたのを忘れていた。やんで初めて気づく音もある。「なぜ急にそんなに急ぐんだ？　まだ十二時にもなってない」

「何言ってるの？」

「そこまで遅い時間じゃない。それにこの雪だ。僕らはもうここまで来てしまった。言ってみればじゃまの入らない悪くない場所だ。もう少しゆっくりしようじゃないか」

議論はしたくない。今は。この場所では。ジェイクのこと、わたしたちのことについて、もう心を決めた今は。もう一度、彼から目をそらして窓の外を見る。どうしてこんな状況に陥っているのだろう？　わたしは大声で笑う。

「どうした？」彼が言う。

「どうもしてないけど、ただ……」

「ただ？」

「べつに、なんでもない。職場であったおかしなことを考えてただけ」

そんな見え透いた嘘を言えるのが信じられないという目で、彼がわたしを見る。

「農場のことはどう思った？　うちの両親のことは？」

今さら訊く？　こんなに時間が過ぎたあとで？　わたしは口ごもる。「あなたが育った場所を見るのは楽しかった。さっきも言ったでしょう」

「あんなふうだと思ってた？　思い描いていたとおりだった？」

「自分が何を思い描いてたかはわからない。田舎とか農場にはあんまりいった経験がないから。どんな感じか、はっきりしたイメージはなかった。まあ、でもたぶん、想像したような感じだったと思う」

「驚いた？」

わたしはシートの上でジェイクのいる左のほうに体をずらす。変な質問だ。ジェイクらしくない。もちろん、わたしが思っていたのとは少しちがった。「なんでわたしが驚いたと思うの？　理由は？」

「どう思ったか興味があるだけだ。育つのにいい環境だと思った？」

「感じのいいご両親だった。わたしを招待してくれたし。お父さんのメガネ紐もよかった。お父さんは昔懐かしい魅力のある人ね。泊まっていかないかって誘ってくれたのよ」

「父が？」

「そう。自分がコーヒーをいれるからって」

「きみの目から見て幸せそうだった？」

「お父さんとお母さんが?」

「そう。興味があるんだ。最近ふたりのことが気になってね。ちゃんと幸せにしているのか。うちの親はストレスを受けつづけてきたんだ。僕は親のことを心配してる」

「大丈夫なように見えた。お母さんは苦労してそうだけど、お父さんがちゃんと支えてる」

　ふたりは幸せそうだった? わたしにはわからない。見るからに不幸という感じではなかった。たしかに口論は耳にした。夕食後に言い合いをしているのを。幸せとはなんなのか、考えるとむずかしい。何かが少し変だという感じは、あるにはあった。ジェイクの弟と関係があるのかもしれない。よくわからないけど。ジェイクの言ったとおり、ふたりはストレスを受けているように見えた。

　手がわたしの脚にふれる。「来てくれて嬉しかった」

「わたしも嬉しかった」

「すごく意味のあることだった。ずっと前から、あの場所を見てもらいたいと思ってた」

　彼が身をのりだしてきて首すじにキスをする。予想外だった。自分の体がこわばるのを感じて、シートにもたれる。彼がにじり寄りわたしを引き寄せる。手がわたしのシャツの上へ、そしてブラジャーのところまであがり、またさがる。お腹の素肌にじかにふれ、そして脇腹、腰へと移動する。

彼の左手が顔をなで、頬をなでる。頭のうしろ側から耳の裏の髪にふれる。わたしは力なく頭をヘッドレストにあずける。彼は耳たぶに、そして耳のうしろにキスをする。

「ジェイク」わたしは言う。

ジェイクはわたしの上着を押しひらいて、シャツをたくしあげる。シャツがじゃまで、わたしたちは先へ進めない。それを彼が頭から無理やり脱がせて、わたしの足元に捨てる。肌に心地いい。彼の手。彼の顔。こんなことはしてはだめ。もう終わりにしようと思っているのだから。でも今の彼は心地いい。本当に。

あらわになった肩のあたりに、彼がキスを浴びせる。首と肩の境目のところに。もう少ししないとわからないのかもしれない。どっちでもいい。ああ。とにかく、このままつづけてほしいと思う。彼にキスがしたい。

「ステフ」彼がささやく。

わたしは動きを止める。「え？」

彼は声をもらしながら、わたしの首すじにキスをする。

「なんて言った？」

「何も」

わたしをステフと呼んだ？　彼はそう呼んだ？　キスが胸へと移り、わたしはふたたび首をうしろにあずける。目を閉じて。

「まじかよ！」彼が言う。

ジェイクが体を緊張させて身を引き、そしてふたたび覆いかぶさってわたしを守ろうとする。全身に冷たいものが走る。彼はくもりを取ろうと手で窓を拭いている。

「まじかよ！」さっきより大声でもう一度言う。

「なんなの？」わたしは床のシャツのほうへ手をのばしかける。「どうしたの？」

「くそ」わたしに覆いかぶさったまま言う。「さっき言ったとおり、学校に人がいる。起きあがって。早く。シャツを着るんだ。急いで」

「え？」

「慌てなくていい。とにかく起きあがって。向こうから見える。あいつは見てた」

「ジェイク？　なんの話をしてるの？」

「僕らのことを見てた」

不安が広がり、胃がぎゅっとなる。

「シャツが見つからないわ。床のどこかにあるはずなのに」

「きみの肩から目をあげたときだった。人が見えたんだ。男だった」

「男？」

「男だ。あそこの、あの窓のところにいた。何もせずただ突っ立って、じっとこの車を、僕らのほうを見てた。向こうから見えていた」

「すごく気味が悪い。やめてよ。どうしてわたしたちを見てたの」

「わからないが、許されることじゃない」

ジェイクはいらだち、動転している。

「本当にあそこに人がいたの？　だれも見えないけど」

わたしはシートの上で校舎のほうに体をひねる。冷静さを失うまいとする。これ以上ジェイクを興奮させたくない。彼の言っている窓が見える。でも、だれもいない。何もない。もしあそこに人がいたとしたら、わたしたちのことは丸見えだったろう。

「絶対だ。男が見えた。そいつは……僕らを見てた。見て楽しんでた。反吐が出る」

わたしはシャツを見つけて、頭からかぶる。エンジンの切られた車内はだんだん冷えてくる。また上着がいる。

「落ち着いて。とにかく出発しましょう。自分で言ったとおり、退屈したただの用務員のおじさんよ。きっと、こんな遅い時間に外に人がいるのを初めて見た。それだけのこと」

「落ち着けだ？　こんなひどいことがあるか。あいつは気になったんじゃない。大丈夫か様子をうかがってたんじゃない。退屈してたんでもない。僕らをじっと見てたんだ」

「どういうこと？」

「いやらしい目で見てた。最悪だ」

わたしは両手を顔にあてて目を閉じる。「ジェイク、わたしは気にしない。早くいこう」

「僕は気にする。やつは変態野郎だ。何かをしてた。まちがいない。あいつは異常だ。僕らを見て楽しんでた」

「なぜわかるの？」

「見たからだ。僕はあの男を知っている。あの手の男を。恥を知れってんだ。手を振るか、そんなような仕草が見えた。あいつは自分でわかってる」

「冷静になってよ。その人が何かをしてたとは、わたしは思わない。なぜそこまで言いきれるの？」

「とにかく無視できない。あり得ない。僕にはやつが見える」

「ジェイク、ねえ、とにかく出発しない？　わたしはお願いしてるの。ねえ」

「文句を言ってやる。こんなことは許されない」

「何言ってるの。やめて。もういいでしょう。いこう。出発するの」

わたしは手をのばすが、ジェイクが押し返す。優しくない手つきで。彼は頭を振っている。激昂（げっこう）している。目でわかる。手が震えている。

「話をつけるまではどこにもいかない。まちがってる」

こんなジェイクを見るのは初めてだ。これに近い姿さえ見たことがない。彼はわたしの手を乱暴にはらう。なんとかして落ち着かせなければ。

「ジェイク。いいかげんにして。ちょっとでいいから、わたしを見て。ジェイク？」

「あいつと話をするまでは帰らない」

彼がドアをあけるのを、わたしは信じられない思いで見つめる。何が起きているの？ ジェイクは何をしようとしている？ わたしは手をのばして彼の右腕をつかまえる。

「ジェイク？ 外は吹雪よ！ 車にもどって。もういいでしょう。ジェイク。本気でもういこうよ」

「ここで待ってろ」

提案でなく命令。彼はわたしをふり返ることなくドアをたたきつける。

「なんなの？ ばかじゃないの」わたしはしんとなった無人の車内に向かって言う。

「信じられない」

彼はどんどん歩いていって、学校のわきをまわって姿が見えなくなる。一分ほどが過ぎるまで、わたしは身動きさえできない。いったい何が起きているの？

わけがわからない。理解できない。ジェイクのことはもっとよく知っているつもりだった。機嫌や反応を予測できるくらいには。今の行動はまったく彼らしくない。声にしても、言葉遣いにしても。ふだんは汚い言葉を使ったりはしない。

彼がかっとなる人間だとは知らなかった。

怒りの導火線の短い人や、運転中にキレる人などの話は聞く。今のジェイクもまさにそんなふうだった。わたしが何を言っても、何をしても、正気にはもどせない。ひとりで勝手に出ていって、わたしには耳を貸そうともしなかった。

なぜあの男と話をしないといけないのか。あるいは怒鳴りつけるか何をするつもりかは知らないけれど、理由がさっぱりわからない。ただここから去ればいいのでは？　学校の前に車があるのを見て、その男はなかにいる人のことが気になった。それだけだ。わたしだって気になる。

ジェイクがあんなふうに感情を持つことができるとは、わたしはたぶん気がついてなかった。わたしとしては、むしろそれを望んでいたのだと思う。これまでの彼にはそんなところは微塵(みじん)も見られなかった。どんなことであれ、極端な面を示すことがいっさいなかった。だからこそ不思議でしょうがない。わたしもいっしょにいくべきだった。少なくともそう提案をすべきだった。そしたら彼も、学校に乗り込んでいくことのばからしさに気づいてくれたかもしれない。

後部座席の床から上着を取りあげて、着る。

もっとがんばって彼をなだめればよかった。ジョークでまぎらわせるなどして。でも、何しろあっという間の出来事だった。ジェイクが進んでいった学校の横手に目を向ける。今も雪が降っている。激しいし、風も強い。こんなときは運転だって避けるべきだ。

腹を立てた理由はわかる気もする。彼はわたしのシャツを脱がせたところだった。ふたりはセックスしようとしていた。そうなっておかしくなかった。ジェイクは無防備なところをさらしたと感じたのだろう。弱いところをつかれると人はまともに考えられなくなる。そうだとしても、シャツを脱いでいたのはわたしのほうだ。そしてそのわたしは、とにかくここを出ることを望んでいた。出発することを。わたしたちはそうすべきだった。

ジェイクは男を見た。わたしたちがあんなことをし、あんな体勢でいるときに、ふと顔をあげると学校の窓から男がこっちをのぞいていた。そんなことがあれば、相手が実際に何をしていたかは関係なく、わたしもかっとなったかもしれない。変な感じの男ならなおさらだ。きっと頭に血をのぼらせた。

いったいだれなのだろう？

夜勤の職員？　ジェイクの言うように用務員？　筋の通る説明はそのくらいだけど、なんとなく時代遅れな感じがする。

夜勤の用務員。なんていう職業だろう。毎晩毎晩、あのなかにたったひとり。よりによってこの高校に。田舎の奥地で、まわりにはだれもいない。でも、もしかしたら本人はそれを気に入っていて、孤独を楽しんでいるのかもしれない。自分のペースで学校の掃除ができる。仕事だけに専念できる。こうしろ、今やれ、と言ってくる人もいない。終わらせれば、それでいい。そんな働き方。長く働いているうちに決まった段取りが身について、今では頭を使わずに仕事ができる。まわりに人がいたとしても、用務員にはだれも気を留めない。

それなりの良さのある仕事だとは思う。清掃の作業のことじゃない。ひとりでいること、孤独な環境のことだ。夜通し起きてないといけないけれど、生徒のだれとも向き合う必要はないし、生徒たちのがさつで乱雑で、だらしなくて汚いところを見ずにすむ。ただし、後始末をしないといけない彼は、だれよりもよくわかっている。ほかの人はみんなわかってない。

ひとりで仕事ができるなら、わたしもそれを選ぶと思う。きっと選ぶ。雑談もなし、つぎの計画を話し合う必要もなし。デスクに寄りかかって質問してくる人もなし。ただ自分の仕事をする。ほぼひとりで仕事ができて、ずっとひとり暮らしをつづけられるとしたら、物事はもっと楽になる。いろんなことがもっと自然になる。

それにしても、ひと晩じゅうひとりきり、しかもこんな巨大な学校で。気味の悪い仕事にはちがいない。わたしはふり返って校舎を見る。真っ暗でしんとしている。この車のなかといっしょ。

ジェイクがわたしに唯一くれた本で、出会っておよそ一週間後にプレゼントしてくれたのは、『破滅者』という作品だった。なんとかベルンハルトというドイツ語作家による一冊。作家はもう死んでいて、もらうまでわたしはその本のことは知らなかった。ジェイクは表紙の裏に〝もうひとつの悲しい物語〟と記した。

本全体が一段落の独白でつづられた作品だ。ジェイクはある箇所に線を引いた。〝この世に存在するとは、僕らは絶望するということにほかならない……僕らはこの世に存在していない。存在させられているのだ〟。読み終わったあと、わたしはその意味するところをずっと考えていた。もうひとつの悲しい物語。

突然、金属を打ち鳴らしたような音が右側の校舎のあるほうからあがる。わたしはぎょっとする。音のしたほうをふり返る。渦巻く雪のほか何もない。黄色い投光照明をのぞいて、動きや明かりの気配もない。つぎの音を待つが、何も聞こえてこない。

窓のところで何かが動いた？　よくわからない。音がしたのはたしかだ。それはまちがいない。

どこを見ても雪しかない。通ってきた道もよく見えない。ほんの五十メートルほどしか離れてないのに。車内は冷えきっている。わたしは無意識にヒーターの前に手をやる。ジェイクはエンジンを切った。キーも持っていった。深く考えることなく。

ふたたび大きな金属の音。つづいてもう一度。心臓の鼓動が一拍飛んで、動悸が激しくなる。もう一度ふり返り、窓から外をのぞく。もう何も見たくない。こんなのは嫌。出発したい。本気で出発したい。こんなことは終わりにしたい。ジェイクはどこ？　何をしてるの？　いなくなってどのくらいたった？　ここはどこ？

わたしはひとりで過ごす時間が多いタイプだ。孤独を大切にしている。ひとりの時間が長すぎると、ジェイクは思っている。そのとおりかもしれない。でも今はひとりでいたくない。こんな場所では。行きにジェイクと話したように、何事も文脈による。

四度目に音がする。今までで一番大きな音。学校のなかから聞こえるのはまちがいない。こんなのはばかげてる。あしたの朝仕事があるのは、わたしじゃなくジェイクだ。わたしは寝過ごしたってかまわない。なぜ今回のことに賛成してしまったのだろう？彼といっしょに来るべきじゃなかった。とっくのむかしに終わりにするべきだった。なぜわたしはこんな場所にいるのだろう？　彼の両親を訪ね、育った家を訪ねることに同意すべきじゃなかった。フェアじゃなかった。だけど興味があった。わたしは家にいて、本を読んでいるか寝ていていいはずなのに。タイミングが悪かった。ベッドにいていいはずなのに。ジェイクとは長つづきしないとわかっていた。本当に。最初から。そして今、わたしはばかみたいに冷えきった車内にすわっている。ドアをあける。さらに冷気が入ってくる。

「ジェーーーーイク！」

返事はない。どれだけたっただろう？　十分？　もっと？　いいかげん、もどってきてもいいのでは？　止める間もなかった。彼は男と対決することで頭がいっぱいだった。つまり、話をするのか、怒鳴りつけるのか、喧嘩をふっかけるのか、それとも……？そんなことをして、なんの意味がある？

ジェイクはほかのことに怒ってると考えられなくもない。わたしの気づいていない何かに。学校に探しにいったほうがいいのかもしれない。いつまでも車で待っていてもしょうがない。彼はここにいろと言った。最後に言ったのがそれだった。怒られようとどうでもいい。わたしをこんな場所にひとりにするほうがおかしい。真っ暗ななか。寒空の下。もう終わりにしようと考えているわたしを。あり得ない。ここはよくわからない田舎のどこかだ。こんな扱いはあんまりだし、ひどすぎる。いつまでここにすわっていろと？

でも、わたしにほかに何ができる？　選択肢はあまりない。ここにいるしかない。ここから徒歩でいける場所はない。そもそも寒いし暗すぎる。わたしの使えない携帯電話は電池切れで、だれにも連絡のしようがない。わたしは待つしかない。でも、こんな寒さのなかただすわっているなんて。どんどん寒くなる。彼を探さないと。

体をひねって、運転席のうしろの床を手さぐりする。ジェイクのウールの帽子があるはずだ。最初に車に乗り込んだとき、彼がそこに置いたのを見た。手がふれる。わたしには少し大きいだろうが、これがいる。帽子をかぶる。大きすぎはしない。思ったよりぴったりだ。

車のドアをあけ、両脚を外に投げだして地面に立つ。音を立てないようにしてドアを閉める。

ゆっくり学校まで歩いていく。わたしは震えている。聞こえるのは舗道を進む自分の足が雪を踏みしめる音のみ。真っ暗な夜だ。真っ暗。このあたりはいつでも真っ暗にちがいない。自分の息が見えるが、そばですぐに消える。風とともに雪が横殴りに降りつける。数秒か一瞬か自分でもよくわからないけど、わたしは空を見あげて星々を目におさめる。こんな数の星が見えるのはめずらしい。考えてみれば、嵐が雲を呼んでもよさそうなものを。たくさんの星。いたるところに。

学校の窓に近づいて、なかをのぞく。両手を目の上にかざす。床から天井までのブラインド。隙間からはだれの姿も見えない。なかは図書室か事務室らしい。書棚が見える。冷たいガラスをノックする。車をふり返る。わたしはそこから十メートルほど離れている。もう一度、少し強めにノックする。

緑色のごみ箱が目に入る。そばまでいって蓋を取ってみる。ジェイクの言ったとおりだ。薄茶色の塩が半分のところまで入っている。蓋をもどす。ぴったりとは閉まらない。へこんで歪んでいる。車にもどってすわっていることはできない。ジェイクを探しにいかないと。彼が歩いていった校舎のわきのところまで進む。かろうじてながら、今も彼の足跡が見分けられる。

わたしは奥に遊び場があると予想していた。でもここは高校だ。そんなものがあるわけない。ジェイクの足跡をたどって角をまがる。車から出ないでと頼んだのに。わたしたちがこんな場所にいる必要はないのに。

前方に緑色をした大型のごみ容器がふたつ、その先にはさらに暗闇が、グラウンドが見える。カップを捨てた場所にちがいない。彼はどこにいるのだろう？

「ジェイク！」ごみ捨て場のほうへ歩きながら名前を呼ぶ。わたしは不安で、びくびくしている。ここは嫌だ。こんな場所にひとりでいたくない。「何してるの？ジェイク？ **ジェーーイク？**」

何も聞こえない。風のせいだ。左にはバスケットボールのコートがある。折れまがったリングにはネットもチェーンもついていない。グラウンドの先のほうには、サッカーのゴールが見える。ネットは張られてない。グラウンドの両端に錆びたゴールがあるだけ。

なぜわたしたちはここに寄ったのだろう？わたしは終わりにするのに本当に確証が必要だったのだろうか？この先しばらくは、もしかしたら一生のあいだ、わたしはシングルでいるだろうし、それでかまわない。本当に。ひとりでも幸せ。淋しいけど満足。孤独は最悪のことじゃない。ひとりぼっちでもいい。孤独には対処できる。人はすべてを手にすることはできない。わたしはすべてを手にすることはできない。

ごみ捨て場のすぐ先にドアがある。ジェイクは学校のなかにいるにちがいない。

校舎の裏は風がさらに強い。風洞さながらに。わたしは上着の襟もとを合わせて押さえる。ドアのとなりの窓のところまで頭を低くして、一歩一歩、進んでいく。

わたしたちは長つづきしなかった。そもそもわかっていた。わたしには。彼は付き合いが進展している証拠だとして、今回の遠出を楽しみにしていた。わたしの考えをすっかり知っていたら、まさか実家に連れていこうとは思わなかったはずだ。考えているすべてを他人が知ることはまずない。一番親密な他人、一番親密だと思われる他人でも。たぶんそれは不可能なのだ。どこより長つづきし、どこより親密で、どこよりうまくいっている夫婦でさえ、相手の考えていることを必ずしもわかっていない。わたしたちは他人の頭のなかに入ることはない。他人の考えを百パーセント知ることはできない。そして大事なのは考えだ。考えていることは現実。行動はごまかせる。

窓に近づいて、なかをのぞく。長い廊下。先までは見えない。真っ暗だ。ガラスをノックする。叫びたいけれど、無意味なのはわかっている。

廊下の先で何かが動く。ジェイク？　ちがう気がする。ジェイクは正しかった。人だ。なかに人がいる。

わたしは頭を低くして窓から身を隠す。心臓が破裂しかけている。もう一度のぞく。何も聞こえない。だれかがいる！　男が。

すごく背が高い。腕から何かをさげている。こっちの方向を向いている。動きはない。わたしのことは見えないはずだ。あんな遠くからでは。なぜ動かない？　何をしてる？　ただ突っ立っている。身動きせずに。

持っているのは箒（ほうき）かモップだ。じっくり見たいのに、わたしは急に怖くなる。もう一度レンガの壁まで頭をさげる。男に姿を見られたくない。目を閉じて、手で口を覆う。こんなところにいてはいけない。いるべきじゃない。わたしは鼻で息をする。不安に襲われながら無理やり空気を吸い、押しだしている。

自分が水のなかにいてなすすべなく沈んでいくような感じがする。心臓がどきんどきんと打つのがわかる。あの人はひょっとしたら助けになってくれるかもしれない。ジェイクの居所を訊いたほうがいい。わたしは二十秒ほど待ってから、おそるおそる顔を前に近づけて、もう一度なかをのぞく。

男はまださっきとおなじ場所にいる。立ってこっちの方向を見ている。わたしを見ている。〝ジェイクに何をしたの？〟とわたしは大声で叫びたい。でもなぜ？　ジェイクに何かをしたと、どうしてわかる？　息を殺して音を立てずにいなければ。ものすごく怖い。男は背が高くて、痩せた体つきをしている。はっきりとは見えない。廊下が長すぎて。年がいっているようで、それにたぶん猫背だ。はいているのは紺色のズボンだと思う。それに黒っぽいシャツ。作業着のように見える。

手につけているのは、なんだろう？　黄色い手袋？　ゴム手袋？　黄色が手からひじの途中までのびている。何かを頭にかぶっている。顔は見えない。マスクだ。見てはいけない。身をかがめて隠れていないと。この状況から抜けだす方法を探さなければ。わたしは汗ばんでいる。首や背中に汗を感じる。

男はモップを持っている。今ごろそれを床の上で動かしているかもしれない。わたしは必死に目を凝らす。彼は動いている。モップとダンスするように。

わたしは見えない場所にまた引っ込んで、壁に寄りかかる。もう一度見ると、男はいなくなっている。ちがう、いる！　床の上に。床にうつ伏せになっている。両腕を体のわきにくっつけて。ただ寝転んでいる。頭が左右に動いている感じもする。たぶん、いくらか上下にも。嫌な感じだ。這っている？　そう。彼は這って、廊下をずるずる右のほうへ進んでいっている。

まずい。ジェイクを見つけないと。ここを抜けださないと。今すぐ出発しないと。これは真剣にまずい。

わたしは通用口へと走る。なかに入らなければ。

ハンドルを引っぱる。鍵はあいている。扉をくぐる。床はタイル張りだ。廊下は照明がとても暗くて、はるか先のほうまでのびている。

「ジェイク?」

なかは消毒剤や化学製品や掃除用洗剤の、独特のにおいがする。わたしの頭痛によくない。忘れていたけれど思いだした。鈍い痛み。まだ消えない。

「だれか?」

何歩か前に進む。ガチャンという大きな音がして、背後でドアが閉まる。

「ジェイク!」

木とガラスの陳列ケースが左側にある。トロフィーに盾に旗（バナー）。少しいった右側にあるのは、学校全体の事務室にちがいない。部屋の窓に近づいて、なかをのぞく。家具も椅子も絨毯も、古めかしい感じがする。机もいくつかある。

ここから先の廊下には、ロッカーがずらりとならんでいる。青く塗られた薄暗いロッカー。廊下を進むと、ロッカーの合間合間にドアがあらわれる。どこも閉まっている。明かりも消えている。廊下の終わりには、またべつの廊下がある。

適当なドアまでいって試してみる。鍵がかかっている。ドアには長方形の長細い小窓があいている。なかをのぞく。机があって、椅子がある。典型的な教室。廊下の天井の照明は暗めに設定されているらしい。電気の節約のためだろうか。ここの廊下の照明はどれもあまり明るくない。

一歩進むごとに、濡れたわたしの靴がキュッキュと音を立てる。静かに歩こうとしてもむずかしい。廊下の奥に、開放された両びらきのドアがある。そこまでいってのぞき込み、右を見て、左を見る。

「ジェイク? すみません。だれかいますか? だれか?」

何も起こらない。

ドアを通り抜けて、左にまがる。さらにロッカー。床の模様が色ちがい、デザインちがいという点をのぞけば、ここはさっきの廊下とそっくりだ。つぎの廊下の奥にはひらいたドアが見える。木製で、小窓はついてない。でも、大きくあけはなたれている。わたしは廊下を進んでいって、ほんの一歩だけなかに入る。あいたドアをノックする。

「すみません」

まず目に入ったのは、灰色の水の入った銀のバケツ。この部屋はなんだか見覚えがある。来る前からなかの様子がわかった。バケツは四輪がついているタイプだ。モップは見あたらない。わたしはもう一度ジェイクの名前を呼ぼうとして、思いとどまる。

この部屋——部屋というよりは大きな物置のような感じ——は、なかがほとんど空っぽで、薄汚れている。二、三歩入ると、奥の壁にテープで貼ったカレンダーが見える。

コンクリートの床の中央には排水溝がある。濡れているようだ。

部屋の左奥には、壁ぎわに木のテーブルがひとつ。椅子は見えない。その横にはクローゼットがある。特別なものではなく、ただの背の高いクローゼット。縦に立たせた棺(かん)桶(おけ)のように見える。

注意深く排水溝をまたいで、奥まで進む。壁には写真もある。複数枚。テーブルの上には汚れたコーヒーカップがひとつ。ナイフとフォークが一セット。皿が一枚。机の上には白い電子レンジ。わたしは顔を近づけて写真を見る。壁にテープで貼られた一枚には、男女が写っている。カップル。きょうだいかもしれない。ふたりは似ている。男のほうは年配だ。背が高い。女よりずっと。女は白髪交じりの真っすぐな髪。ふたりとも浮かない顔をしている。どっちも笑ってない。幸せそうでも、悲しそうでもない。こわばった無表情。壁に飾るには妙な写真だ。だれかの両親？

ほかの数枚にはおなじ男が写っている。写真を撮られていることに気づいてないか、気づいているとすればいやいや撮られている。頭のてっぺんは写真におさまっていない。ふちから切れてしまっている。ある一枚では机に腰かけているが、もしかしたらこの机かもしれない。体をうしろに遠ざけて、左手で顔を隠している。画質があまりよくない。どの写真にも染みがある。色があせている。これはジェイクが見たという、あの男にちがいない。廊下にいるのをわたしが見た、あの男。

写真の男の顔をじっとよく見てみる。悲しい目をしている。見覚えがある。目のどこかに。

またしても心臓が騒ぎだし、鼓動が速くなってくる。それが感じられる。わたしたちが来るまでは何をしていたのだろう？　わたしたちが、あるいはだれであったとしても、人がここに来るとは知りようはなかったはずだ。わたしは彼を知らない。

机の真ん中には、何枚かの紙のとなりに、丸めた布が置いてある。ぼろ切れが。最初見たときには気づかなかった。手に取ってみる。百回、千回と洗濯をくり返したかのようで、清潔でとてもやわらかい。

でもちがう。ぼろ切れじゃない。ひらいてみて、シャツだとわかる。子供用の。白い水玉模様の、淡いブルーのシャツ。片方の袖が取れている。裏返してみる。背骨の真ん中のところに、小さな絵の具の染みがある。わたしは手から取り落とす。このシャツを知っている。水玉、絵の具の染み。見覚えがある。おなじのを持っていた。

これはわたしが持っていたシャツだ。わたしのシャツのはずはない。でも、そうだ。子供のころの。まちがいない。それがなぜここに？　机の反対側には小さなビデオカメラがある。二本のケーブルでテレビの裏につないである。

「だれか?」わたしは言う。

カメラを手に取る。古いわりにはかなり軽い。テレビに目をやり、電源ボタンを押す。砂嵐。ここを去りたい。こんなのは嫌。家に帰りたい。

「ねえ!」わたしは叫ぶ。「ジェイク!」

ビデオカメラをそっと机にもどす。再生ボタンを試してみる。画面がちらつく。ただの砂嵐ではもうない。顔をテレビに近づける。ある部屋が映しだされている。壁。映像のなかの何かの音が聞こえる。テレビの音量ボタンを探して、音を大きくする。ハミングか何かだ。それに呼吸の音。本当に呼吸の音? これはこの部屋だ。今わたしがいる、この部屋。壁、写真、机がいっしょだ。するとカメラは下に移動し、床のところまでさがる。

映像が動きだし、ドアから出て、廊下づたいに進んでいく。撮影者のゆっくりした足音が聞こえる。ゴムの長靴でタイルの床を踏むような音。規則的な、慎重なペースで歩いている。

カメラは学校の図書室のような広い部屋に入っていく。共用机の列、積み重ねた本、書棚のあいだを、目的を持って真っすぐに進んでいる。奥にはならんだ窓。カメラはその場所まで近づいていく。窓は縦長で、床から天井までブラインドで覆われている。カメラはそこで止まり、じっと静止したまま録画をつづける。フレームのすぐ外にある手か何かが、ブラインドのある一カ所をわずかに左にずらす。ガシャガシャ音が鳴る。カメラが上にあがって、窓をのぞく。外にはトラックがある。裏にある例の古いピックアップだ。

映像がトラックにズームする。さらに近づいて、ブレがひどくなる。ここまでズームすると画質はあまりよくない。トラックにだれかがいる。運転席にすわっている。ジェイクそっくりにも見える。あれはジェイク？　そんなわけはない。でも、本当にそっくりで……。

唐突に映像が終わる。大音量のちらつく砂嵐にもどる。わたしは驚いて飛びあがる。

ここから出ないと。今すぐに。

入ってきたドアまで急いでもどる。ここにいる男がだれなのか、何が起きてるのか、ジェイクがどこにいるのかわからないけど、とにかく助けを呼ばなければ。ここにいてはいけない。走って町までもどろう。ひと晩じゅうかかろうとかまわない。凍え死にしかけたっていい。だれかに話さなければ。幹線道路までもどればヒッチハイクできるかもしれない。そこまで出れば、どこかで車が走っているにちがいない。

ここにたどりついたときから、わたしには助けが必要だった。

左にまがり、右にまがる。わたしは大急ぎで歩いている。少なくともそのつもりでがんばっている。ぬかるんだ泥のなかを歩くみたいに、思うように速く進めない。廊下は空っぽ。ジェイクの姿はない。

あたりを見まわす。暗闇。無。そうじゃないし、あり得ないのはわかっているのに、わたししかいない感じがする。日中はざわついて人でにぎわうこの学校。ロッカーひとつひとつが、ひとりの人間を、人生を、興味と友達と野心を持つ生徒をあらわしている。でも今は、そんなことは何も意味しない。何ひとつ意味しない。

学校は、わたしたち全員が通わないといけない場所だ。そこには可能性がある。学校とは未来だ。何かに向けて、進歩、成長、大人になることに向けて、胸をふくらます。学校は安全な場所でなくてはならないのに、ここはその反対のものに変わった。ここはまるで牢獄。

通用口はこの廊下の先だ。車にもどってジェイクの帰りを待ちつづけてもいいし、大きな道路までどうにか歩いてもいい。もしかしたら、彼はもう車にいて待ってるかもしれない。いずれにしても、わたしは車でいったん自分を落ち着けて、考えを練ることができる。

事務室の前を過ぎたところで、ドアの光るものが目に入る。なんだろう？　チェーン？　まさか。ついさっき入ってきたドアなのに。でもそうだ。ドアに金属のチェーンがかかっている。おまけに錠が。

何者かがドアをチェーンで固定し、錠をかけたのだ。内側から。

ふり返って、廊下の先を見る。わたしが動きを止めると、なんの音もしなくなる。校内はしんとしている。ここはわたしが入ってきた入り口だ。ドアはあいていた。あの男が錠をかけた。あの男にちがいない。何が起ころうとしているのか、わたしには理解できない。

「だれかいるの？　だれか？　ねえ！　ジェイク！　返事して！」

無音。気分が悪い。こんなのはおかしい。

ドアのガラスに力なくひたいをつける。冷たい。両目を閉じる。とにかくここから出て、自分の家の自分のベッドに帰りたい。ジェイクと出かけたりするんじゃなかった。

窓から外を見る。黒いピックアップが今もそこにある。彼はどこ？「ジェイク！」

わたしは靴をキュッキュといわせながら、学校の正面の窓まで廊下を駆けもどる。まさか！　そんなはずは。車がなくなっている。ジェイクの車がない。理解できない。わたしをここに置き去りにするなんて、あり得ない。ジェイクにかぎって。わたしは身をひるがえして今来た廊下をもどり、ロッカーの横をすり抜けながら、さっき入ってきたドアまで走る。今ではチェーンのかかったドアまで。

「だれなの？　ねえ！　何がしたいの？」

それが目に入る。一枚の紙。金属のチェーンの輪に押し込まれている。小さく折りたたまれた紙切れ。それを取って、ひらく。わたしの手は震えている。汚い字で書かれた一行――

アメリカでは毎年百万件以上の暴力犯罪がある。だが、この学校では何が起こる？

わたしは紙を落として、あとずさる。激しい恐怖とパニックの波が全身に広がる。男はジェイクをどうにかしたのだ。そして今度はわたしを追っている。この場所から逃げなければ。もう叫んではだめ。隠れないと。叫んでも音を立ててもだめ。ここにいるのが、どこにいるかが、相手にばれてしまう。今もわたしが見えているのだろうか？

ちがう場所を見つけないと。こんな見通しのいい廊下にいてはいけない。教室。下にもぐって身を隠せる机。

何かが聞こえる。足音だ。ゆったりとしたペース。ゴムの長靴で床を歩く音。ここではないべつの廊下から聞こえる。隠れないと。今すぐ。

わたしは足音から逃がれ、廊下の先へと走る。両びらきのドアのあいだを抜けて、奥で自動販売機が光り長テーブルのならぶ、広い部屋に入る。カフェテリアだ。部屋の正面にはステージ。向こう側には片びらきのドア。わたしはテーブルの横をすり抜けていって、ドアをくぐる。

階段室だ。もっと進んで距離をかせがなければ。上にいく以外にわたしに選択肢はない。静かにのぼらないといけないのに、音が反響する。男が追ってきているかは、わからない。階段の途中で足を止め、耳を立てる。何も聞こえない。階段室には窓がない。まだあのにおい、化学製品のようなあのにおいがする。ここのなかのほうが強烈だ。頭痛がする。

上の階についたとたんに、さらに汗がひどくなる。だらだら流れている。上着のファスナーをあける。右にはドアがある。それとも階段を三階まであがるか。ドアを試す。あいたのでそっちへ進む。うしろでドアが閉まる。

またロッカーと教室の廊下だ。すぐ左には水飲み場がある。こんな喉が渇いてたとは気づいてなかった。身をかがめて水をすする。顔を濡らし、首のうしろにも水を浴びせる。息が切れている。この階の廊下も下の階とそっくりに見える。何本もの廊下、この学校。丸ごとが巨大な迷路そのもの。罠そのものだ。

放送設備から音楽が流れだす。

そこまで大きな音じゃない。古いカントリーソング。この曲は知っている。〈ヘイ・グッド・ルッキン〉。ジェイクと農場に向かってるときにラジオ局が流していたあの歌。おなじ歌だ。

廊下の片側に長いベンチがある。わたしはひざをついて、半分寝そべり半分うずくまるようにして、ベンチの裏で横向きになる。この場所なら全身がほとんど隠れる。床は硬い。ドアからだれかが入ってきたら、ここから見える。わたしはドアを見張る。曲が終わりまで流れる。一、二秒の間のあと、また最初から流れだす。耳を覆うが、それでも聞こえてくる。おなじ歌が。がんばってはいるけれど、もうこらえきれない。わたしは泣きはじめる。

今この瞬間まで、今回の出来事があるまで、今夜までは、一番恐ろしかった過去の経験は何かと人に尋ねられるたびに、わたしはおなじ話をしていた。ヴィールさんの話を。ほとんどの相手は怖い話だとは思わない。つまらなそうに聞いているし、しゃべり終えてがっかりされることもある。たしかにわたしの話は映画のようとはいえない。心臓は止まらないし、強烈でもないし、背筋は凍らないし、グロでも暴力的でもない。ぞっとするような恐ろしさはない。そういう要素は、だいたいわたしにはあまり怖くない。感覚を混乱させるもの、当然だと思っていたものを覆（くつがえ）すもの、現実を乱し断裂させるもの、そうしたものが怖い。

ヴィールさんの話がほかの人に怖くないのは、派手さがないせいかもしれない。ただの日常。でも、だからこそ、わたしには怖かった。今でも怖い。

ヴィールさんのところでいっしょに住むのは嫌だった。

ヴィールさんとは、うちのキッチンで初めて会った。わたしが七歳のときのことだ。何年も前から名前は耳にしていた。しょっちゅう母に電話をかけてくるのを知っていた。自分にどんな悪いことがあったか、母に電話してきて一部始終を話すのだ。母はいつも聞いてあげた。母だって自分の問題がないわけじゃなかったのに。しかも、かかってくるときまって何時間もの長電話になった。

わたしが電話を取ることもあったが、彼女の声を聞くとそのとたんに不安な気持ちになった。母がべつの受話器を取ったあとも、わたしはそのまま聞いていようとしたが、母はいつも数秒もしないうちに〝もういいわ。こっちで取ったから、切って大丈夫よ〟と言うのだった。

ヴィールさんは右手にギプスをしていた。ヴィールさんは年じゅうどこか悪くしていると母が言っていたのを、今でも思いだす。手首に巻いた包帯、ひざにつけたサポーター。彼女の顔は電話の声から想像していたとおりで、険があって老けていた。髪は赤茶色の巻き毛だった。

うちに来ていたのは、わが家のベーコンの脂をもらうためだった。母はいつも冷凍庫の容器にベーコンの脂を保存していた。ヴィールさんはヨークシャープディングをベーコンの脂で作るのだが、自分でベーコンを料理することはない。母は折々にその脂を持って外で彼女と会ったり、家を訪ねたりしていた。

そのときの一度だけは、ヴィールさんをうちに呼んだ。わたしは学校を病気で休んで、キッチンの椅子にすわっていた。母はお茶を用意した。ヴィールさんはオートミールクッキーを持ってきた。脂のやり取りが行われ、その後、ふたりの婦人はすわってお茶を飲みながらおしゃべりをした。

ヴィールさんはわたしには挨拶もせず、こっちを見ることさえなかった。わたしはパジャマ姿のままだった。熱があった。トーストを食べていた。彼女といっしょのテーブルについているのが嫌だった。そのうちに母が席を立って出ていった。理由は憶えていない。たぶん、トイレにいったのだろう。それで彼女とふたりきりになった。ヴィールさんと。わたしはほとんど身動きさえできなかった。ヴィールさんは何かをしていた手を止めてこっちを見た。

「あなたは善い人間、それとも悪い人間？」彼女は言った。毛の束を指に巻きつけて、髪をいじりながら。「あきらめるなら、あなたは悪い人間よ」

なんの話をしているのか、どう答えていいのか、わからなかった。大人から、それも知らない大人から、こんなふうに話しかけられるのは初めてだった。

「善い人間なら、クッキーを一枚あげる。悪い人間なら、両親といっしょのこの家ではなく、たぶん、うちでわたしと暮らさないといけなくなるわ」

わたしは身がすくんだ。質問に答えることができなかった。

「そんな引っ込み思案じゃいけません。なおさないと」

電話とそっくりの声だった——不満たらたらで、きんきんして、抑揚がない。愛想のよさを繕（つくろ）うこともなく、優しさも穏やかさもない。彼女はわたしをにらみつけた。

わたしはいいときでさえ知らない人とはほとんど口が利けなかった。知らない人は苦手で、何かを説明したり、たとえ小さなつまらないことでも人と話し合う必要が生じると、いつも恥をかかされているような気分になった。人と会うのが苦手だった。目を合わせることがなかなかできなかった。わたしはトーストを皿に置いて、彼女を見て見ぬふりをした。

「善い人間」だいぶたってからわたしは言った。顔が火照った。そんなことを訊いてくる理由がわからず、それが怖かった。怖さや不安をおぼえると、いつもきまって体が熱くなった。自分が善い人間か悪い人間か、みんなどうやってわかるのだろう？　わたしはクッキーはほしくなかった。

「それなら、わたしは？　お母さんはわたしのどんな話をしているかしら？　わたしをどんなふうに言っているの？」

彼女はそれまでわたしが見たことのないような笑い方をした。微笑みが傷のように満面に広がった。彼女の指は脂の容器をさわったせいで、ぎとぎとに光っていた。

母が部屋にもどってくると、ヴィールさんは母の容器から自分のほうにさらに脂を移しはじめた。わたしたちが言葉を交わしていたことは微塵も感じさせずに。

その夜、母は食中毒になった。ひと晩じゅう起きて嘔吐し、すすり泣いていた。わたしは眠れず、一部始終を聞いていた。彼女のせいだ。母を病気にしたのはヴィールさんのクッキーだ。わたしにはわかる。たまたま胃腸の調子が悪かったと母はあとで言っていたが、わたしは本当のことを知っている。

母とわたしは夕食でおなじものを食べたけど、わたしは平気だった。それに流感にかかったのでもなかった。母は朝にはけろっとしていた。いくらか脱水気味でも、体調はもどった。あれは食中毒だったのだ。母はクッキーを食べた。わたしは食べなかった。

他人が何を考えているのか、わたしたちは知ることはできないし、わかることはない。人がなんでそんなことをするのか、その動機を知ることはできないし、わかることはない。絶対に。完全には。これがわたしの恐ろしくも初々しい気づきだった。わたしたちは、だれのこともちゃんとは知らないのだ。わたしは知らない。みんなも知らない。

完全に知らないという制限のもとで人間関係が築かれ、持続するというのは、驚くべきことだ。相手が何を考えているのかを明確に知ることは決してない。ある人物がだれなのか明確に知ることは決してない。わたしたちは何でも好き勝手にできるわけじゃない。行動するにも様式がある。言わなければいけない事柄がある。

ただし、わたしたちは何でも好きに考えることができる。

だれでもなんでも考えられる。思考こそが唯一の現実。それは真実だ。わたしは今ではそう確信している。考えはごまかせないし、嘘をつけない。この単純な気づきは、その後もずっとわたしの心に残った。何年もわたしを悩ませつづけた。現在にいたるまで。

「あなたは善い人間、それとも悪い人間？」

何より今怖いのは、その答えがわからないことだ。

わたしはたぶん一時間くらいベンチの裏にいたと思う。もっとかもしれない。よくわからない。一時間はどのくらいの長さ？　一分は？　一年は？　体勢のせいで、腰とひざが痺れている。体を不自然にひねってないといけなかった。すでに時間の感覚はない。当然ながら、ひとりでいると時間の経過がわからなくなる。時間はつねに流れている。

あの歌がずっと再生されつづけていた。〈ヘイ・グッド・ルッキン〉が何度も何度も。二十回か、三十回か、百回か。それに音も大きくなったような感じがした。一時間は二時間といっしょだ。一時間は永遠。計るのはむずかしい。やんだのは、ついさっきだ。歌詞の途中で。あの歌は大嫌い。聞いていないといけないのが苦痛でしょうがなかった。聞きたくなかった。でも、もうすっかり歌詞を憶えてしまった。曲がやんで、わたしははっとした。それで目が覚めた。わたしはジェイクの帽子を枕にして横になっていた。

移動しつづけなければ、とわたしは思った。このベンチの裏に寝そべって隠れていても、どうしようもない。わたしは標的。ここでは姿が丸見えだ。いっしょにいたら、ジェイクは真っ先にそれを指摘しただろう。でも彼はここにいない。ひざがものすごく痛い。頭もまだ痛くて、ぐるぐるまわっている。ほとんど忘れていた。でもまだ消えない。ジェイクは痛みについて考えるのはやめるようにとも言ったにちがいない。

こんな状況に自分が陥るとは、ふつうは夢にも思わない。見張られ、あとをつけられ、ひとり捕らえられる。そういうことは話には聞く。ときどき何かで読む。そんな恐怖を他人に与えられる人間がいると思うと、胸が悪くなる。人間はどうしてしまったのだろう？　なぜ人間はそんなことをするのだろう？　なぜ人間はそうした状況に陥ってしまうのだろう？　こんな邪悪なことがあり得るのかと、わたしたちは衝撃を受ける。でも自分は標的じゃない、だから大丈夫。そして忘れる。先へ進む。自分には降りかからない。それはべつのだれかの身に起きたこと。

これまでは。わたしは立ちあがり、自分の恐怖を忘れようとする。廊下を忍び足でそっと歩き、ベンチから離れ、のぼってきた階段から遠ざかる。ドアをいくつか試してみる。どこもすべて施錠されている。この場所には出口がない。廊下は寒々しい。壁には何も貼られておらず、生徒の存在を示すものがない。わたしはこうしたおなじ廊下を何度も通った。廊下はくり返しあらわれては、エッシャーのだまし絵のようにぐるぐるとつづく。そんなふうにして考えると、この場所で長い時間を過ごす人がいるということがグロテスクにすら思える。

見かけたごみ箱は、どれもきれいで空っぽだった。交換したばかりの袋。残ったごみはない。使えるもの、役立つもの、前進や脱出の助けになるものがないか、ざっと調べてみる。全部、空っぽ。空の黒い袋があるのみ。

わたしは理科棟らしき場所に足を向けていた。ここには前にも来た？　ドアからなかをのぞく。実験台がならんでいる。

ここの廊下にならんでいるドアはほかとちがう。重たくて、青い色、空色をしている。廊下の先には、大きな手作りの垂れ幕がかかっている。冬のダンスパーティの告知。学校のダンスパーティ。生徒たちがこぞってここに集まってくる。大勢の生徒たちが。わたしの見た、生徒の存在を示す初めてのものだ。

〈踊りあかそう。チケットは十ドル。何をぐずぐずしてる？〉とそこには書いてある。

ゴム長靴の音がした気がする。どこかで足音がした。

まるで薬物を投与されたかのよう。わたしは動けない。動いてはいけない。恐怖で何もできない。硬直している。身をひるがえして悲鳴をあげて逃げたいのに、できない。相手がジェイクなら？　彼がまだここにいて、わたしとおなじように閉じ込められているのだとしたら？　彼がここにいるなら、わたしはひとりじゃなくて、もう安全だということだ。

階段室まではもどれる。廊下をわたればいいだけだ。そしたら三階まであがれる。たぶんジェイクはそこにいる。わたしは目をきつく閉じる。両手をにぎりしめる。心臓がばくばくいっている。また長靴の音がする。あの男だ。わたしを探している。

一気に息を吐き、気分が悪くなる。このなかに長くいすぎた。胸が締めつけられる。吐きそうだ。でもいけない。

階段室に駆け込む。見られてはいない。いないと思う。男がどこにいるのかはわからない。上階、下階、上か、下か、べつの場所か。わたし自身の影のなかに身をひそめて待ち構えている気すらする。わたしにはわからない。

とにかくわからない。

美術室。ひとつ上の階。べつの廊下。鍵のかかってないドア。どこにあってもおかしくないような。この部屋があいたときほどの安心感を過去に経験したことがあっただろうか。わたしはドアを入ってとてもゆっくり閉めるが、鍵はかけない。耳をすます。何も聞こえない。しばらくはここに隠れていられるかもしれない。まずは壁かけの電話を試してみるも、四桁以上ダイヤルしようとすると、すぐにプープーと鳴る。九を、さらに九一一の緊急番号を試してみる。望みなし。何も機能しない。

部屋の正面にある先生の机は、きれいに整頓されている。一番上の引き出しをあけてみる。何か使えるものが机から出てくるかもしれない。全部の引き出しをざっと点検すると、持ち手がプラスチックのX－ACTOナイフが見つかる。ただし替え刃は抜かれている。わたしはナイフを床に落とす。

廊下で何かの音がする。わたしは机の裏でうずくまって目を閉じる。さらに時間が流れる。絵の具の容器や絵筆などの画材が、うしろと横の壁面にずらりとならんでいる。ホワイトボードはきれいに拭いてある。

いつまでこの部屋にいられるだろう？　人は食料や水のような必要不可欠なものなしに、どれくらい長く生きられるのだろう？　こんなふうに隠れているのは受け身すぎる。もっと積極的に動かなければ。

窓を確かめる。下側はひらくが、空気がわずかに入る隙間しかあかない。外にでっぱりか何かがあれば、飛び降りることも考えるかもしれない。たぶん。窓を五、六センチほど、目一杯までひらく。冷たい空気が手に心地いい。手を置いたままにして、風を感じる。わたしは腰をかがめて、貴重な新鮮な空気をできるだけ吸い込もうとする。

むかしは美術の授業が大好きだった。ただし全然得意じゃなかった。得意になりたくて必死だった。数学だけが優秀で成績がいいというのは嬉しくない。美術は別物だった。

高校時代はわたしにとってすごく妙な時期だった。そのころが頂点という人もいるだろう。わたしは勉強をしていい成績を取った。そこのところはまったく問題じゃなかった。ただし、人付き合い。パーティ。みんなに溶け込もうとする努力。それらが当時から苦手だった。一日が終わるころには、もうとにかく家に帰りたかった。

わたしは目立たない生徒で、学校においてはそれは重要な問題になる。無視のされ方としては最悪だ。それが何年もつづいた。わたしは無臭で透明だったのだ。

大人。遅咲き。それがわたし。あるいは、そうなるはずだった。そのときになれば、ようやくましになるはずだった。ましになる、だれもがそう言った。そのときになれば、わたしはわたしとして認められる。

わたしはとても慎重にやってきた。すごく自覚があった。わりと物事の整理はついている。無謀なことはしてこなかった。わたしは自分を理解している。自分の無限の可能性を。可能性はこんなにもある。なのにその挙句がこれだ。どうして、ここにいきついたのか？　理不尽でしょうがない。

そしてジェイクのこと。わたしたちの関係がうまくいくことはなかった。つづけるのは無理だった。でも、それは今はどうでもいい。わたしなしでも彼はきっと大丈夫だ。彼は彼として認められようとしている。きっと何か大きなことを成し遂げるにちがいない。彼にはこんなことは必要ない。わたしのことも。彼の両親にもこんなことは必要ない。ふたりはわたしの得意なタイプではないけれど、それはどうでもいい。彼らはさんざん苦労してきた。おそらくわたしにわかっているのは、そのうちの半分にも満たないのだろう。わたしたちのことは、もう家に帰りついたと思っているにちがいない。今ごろはぐっすり眠っているのだろう。

これで終わりじゃない。終わりにする必要はない。ジェイクを見つけないと。そしたら、わたしはまた外に出て、再出発、再挑戦ができる。はじめからはじめる。ジェイクにもそれができる。

窓のそばでひと休みし、肌に空気を感じるのは心地いい。急にどっと疲れをおぼえる。たぶん、横になったほうがいい。寝たほうがいい。夢を見たっていい。だめ。できない。眠りはいらない。これ以上悪夢もいらない。だめ。移動しないと。まだ自由の身じゃない。窓はあけたままにして、そっとドアまで歩く。右足が何かにあたる。容器だ。床に転がった、絵の具のプラスチック容器。ひろいあげる。半分まで減っている。手に絵の具がつく。容器の外側に絵の具がついている。濡れた絵の具。出したての絵の具。においでわかる。わたしは容器を机に置く。ここにいたのだ。少し前まで、まさにこの場所にいた！

両手が真っ赤だ。わたしはズボンにこすりつける。

床にも絵の具がついている。つま先でそれをこする。小さな字で何かが書いてある。

どうするつもりでいたか、わたしにはわかる。

メッセージ。わたしに宛てた。男はわたしがここに来てこれを見ることを期待していた。だからドアがあいていた。ここに誘導したのだ。

何を意味しているのかはわからない。

待って。わかる。そう、わかる。

彼はジェイクがわたしの首にキスするのを見た。車にいるわたしたちを見た。窓辺に立ち、のぞいていた。そういうこと？　わたしたちが車内ではじめようとしているのがわかった。そして、わたしたちにセックスさせたくなかった。そういうこと？

もう少し先の床にも、まだ何か書いてある。

今ではおまえとわたしだけだ。問いはただひとつ。

恐怖が全身に広がる。絶対的な恐怖が。それがどんなものなのか、だれも知らない。知りようがない。これほど孤立した状況にいないかぎり、知ることはない。わたしのように。わたしも今まで知らなかった。

彼はなぜ知っている？　なぜその問いを知っている？　わたしが考えていたことを知るはずはない。無理だ。他人の考えていることを完全に知るなんて、だれにもできない。これが現実のはずはない。頭痛がひどくなってくる。震える手をひたいにあてる。ものすごく疲れた。具合が悪い。でも、ここにはいられない。移動しつづけ、隠れ、逃げないと。わたしがどこにいて、どこへ向かおうとしているのか、なぜつねにわかるのだろう？　男はまた来る。

わたしにはわかる。

もっとオカルト的なものならよかったのに。たとえば幽霊話のような。超現実的な何か。どれだけおぞましくてもいいから、想像から生まれた何か。そしたら怖さもだいぶちがった。もっと実感も納得感もなくて、もっと怪しむ余地があれば、わたしはここまで怯えはしなかった。これは現実的すぎる。あまりに現実的だ。人気のない巨大な学校にいる、良からぬ執念を持った危険な男。わたしがいけなかった。ここに来るべきじゃなかった。

これは悪夢なんかじゃない。悪夢ならどんなにいいか。目覚めるだけですむなら、どんなにいいか。自分のベッドにいられるなら何を差しだしてもいい。わたしはひとりきりで、何者かがわたしを傷つけるか、追い詰めるかしようとしている。しかもその男はすでにジェイクをどうにかしてしまった。わたしにはわかる。そのことはもう考えたくない。体育館までたどりつければ、非常口かべつの出口があるかもしれない。そうわたしは判断した。外が寒すぎるとしても、道までもどる。たぶん、長くは持ちこたえられないだろう。でもここにいたって、それほど持ちこたえられるとは思えない。

目は暗闇に慣れた。目はいくらかすれば暗さに順応する。でも静けさには慣れない。口のなかの例の金臭い味がひどくなってくる。唾液か、もっと深いところからか。わからない。ここのなかでは汗さえいつもとちがう感じがする。何もかも調子が変だ。

わたしは爪を噛んでいた。くちゃくちゃ噛んでいた。食べていた。具合が悪い。それに髪まで抜けてきた。ストレスのせい？　手を頭に置いて引っぱると、指のあいだに髪が束になってついてくる。今もこうして指を通すと、さらに抜けてくる。ごっそりとまではいかなくても、それに近い。何かの生理反応にちがいない。肉体的な副作用。

静かに。落ち着いて。ここの廊下は、レンガの上からペンキが塗ってある。天井には取り外しのできる、大きな長方形のパネルがはまっている。その上に隠れることはできるだろうか？　上にあがれたとして。

動きつづけなさい。ゆっくりと。背筋にそって汗が流れる。体育館は廊下の先だ。きっとそのはず。わたしは憶えている。本当に？　なんでそんなことを憶えてる？　金属のハンドルのついた両びらきのドアが見える。あれがめざす場所。さあ、あそこへ。すばやく、静かに。

左手の指をレンガの壁にそわせながら歩く。一歩ずつ。慎重に、そっと、静かに。もし自分に聞こえるとすれば、彼にも聞こえる。もしわたしに可能なら彼にも。もしわたし、そしたら彼。もし。そしたら。わたし。彼。

ドアまでたどりつく。長細い小窓からなかをのぞく。体育館だ。ハンドルをつかむ。このドアは知っている。開け閉めするとカウボーイの拍車のような音を立てる。騒々しい冷たい金属。

わたしは隙間ほどだけあけて、そっと入る。

綱のぼり用のロープがぶらさがっている。隅に置かれたラックにはオレンジ色のバスケットボールがおさまっている。強烈なにおい。化学製品。目がうるんでくる。さらに涙があふれる。

聞こえる。男子更衣室のほうから。このなかにいると呼吸がだんだんつらくなる。

更衣室。ここは体育館ほど暗くはない。天井の明かりがふたつついている。もうわかった――水の流れる音だ。どこかの蛇口が全開になっている。まだ見えないけれど、わかる。

手を洗って、絵の具をきれいにしないと。少し飲んでもいいかもしれない。あの冷たい癒やしの水が口をうるおして、喉を伝う。手を裏返して、手のひらを見る。赤い筋がついている。震えている。右の親指は爪がなくなっている。

前のほうの左側に扉のない入り口がある。水の音はそこから聞こえてくる。わたしは何かにつまずく。それをひろう。靴の片方。ジェイクの靴だ。大声でジェイクの名を叫びたい。でもだめ。手で口を覆う。静かにしていなければ。

下を見ると、ジェイクのもう片方の靴が目に入る。それもひろう。入り口に向かって歩きつづける。角から奥をのぞき込む。だれもいない。かがんで個室の下をのぞく。どこにも脚は見えない。わたしは両手に靴をひとつずつ持っている。もう一歩進む。

今では蛇口の列が見える。水は出ていない。わたしはシャワーのほうへ進む。銀色のシャワーのひとつが全開になっている。ひとつだけが。湯気でもうもうとしている。お湯にちがいない。それも高温の。

「ジェイク」わたしはささやき声で言う。

考えないといけないのに、ここはとてもあたたかくて湿気がある。わたしは湯気にかこまれている。ここから脱出する方法をさぐる必要がある。男がこんなことをする理由やその正体をさぐることには意味はない。そんなことはどうでもいい。全部どうでもいい。

どうにか学校の外に出られれば、道まで走ることができる。道に出たら、さらに走る。止まらずに。肺が焼けて脚がふにゃふにゃになっても、止まらない。絶対に。止まらない。できるだけ速く遠くまで走る。ここから離れ、どこでもいいからどこかべつの場所をめざす。どこでもいい。ちがう状況の場所。人生が可能な場所。すべてがこんなに古くない場所。

あるいは、わたしはこのなかで、ひとり生きのびられるかもしれない。たぶん、思っているよりも長く。新たな隠れ場所、姿を消せる場所を発見できるかもしれない。たぶんこのなかにいて、ここで生きていける。どこかの隅っこで。机の下で。更衣室で。

だれかがそこにいる。一番奥のシャワーのところ。床はすべりやすい。濡れた湯気の立つタイル。ほとばしる湯、熱々の湯の下に立ちたいと、ふと思う。ただ立つだけでいい。でも、そうしない。

彼の服だ。奥の個室のそば。それをひろいあげる。ズボンにシャツ。丸めてあって、濡れている。ジェイクの服。これはジェイクの服だ！　手から落とす。なぜ彼の服がここに？　そして彼はどこ？

非常口。非常口を見つけないと。今すぐ。

更衣室を出ると、またしても音楽が聞こえる。おなじ歌。冒頭から。更衣室、教室、廊下。スピーカーはいたるところにあるのに、そのものが見えない。やむことはないのだろうか？　あるとは思うが、もうよくわからない。ずっとおなじ歌が流れつづけていたのかもしれない。

人は真実の反対、愛の反対の話をする。恐怖の反対はなんだろう？　不安とパニックと後悔の反対は？　なぜわたしたちがこの場所に来たのか、なぜわたしがこんなふうに閉じ込められることになったのか、なぜひとりきりになってしまったのか、わたしが知ることはないだろう。こんなふうになるはずじゃなかった。なぜ、わたしが？

硬い床に腰をおろす。抜けだす道はない。この体育館から。この学校から。最初からなかったのだ。何か楽しいことを考えたいのに、できない。耳をふさぐ。わたしは泣いている。出口はない。

わたしはこの学校のなかを永遠に歩き、這いずりまわっている。

不安や恐怖や戦慄の感情はつかの間のものという認識があるように思う。激しく一気に襲ってくるが、長くはつづかないという。それは真実じゃない。ほかの感情に取って代わられないかぎり、消えることはない。深い恐怖はとどまり、隙あらば広がっていく。そこから逃れたり、うまくかわしたり、押さえ込んだりすることはできない。手を施さなければ悪化の一途をたどる。恐怖は発疹だ。

自室の本棚の横、青い椅子にすわる自分が見える。ランプはともされている。わたしはそのことを考えようとする。ランプが放つやわらかな光のことを。それが頭のなかにあってほしいと願う。わたしはむかし持っていた靴のことを考えている。家でしか履かない青い靴。室内履きのような。この学校の外のこと、この暗闇、このひどく重苦しい静寂、この歌以外の何かに、気持ちを向ける必要がある。

自分の部屋。わたしはあの部屋でたくさんの時間を過ごしたし、あの場所は今も存在する。わたしなしでも部屋はそこにある。あれは現実。わたしの部屋は現実。

とにかくそのことを考えればいい。集中する。そうすればそれが現実だ。

部屋には本がある。本は心を慰めてくれる。古い茶色いティーポットもある。注ぎ口が欠けている。ずいぶん前にガレージセールで一ドルで買ったものだ。ペン、鉛筆、メモ帳、中身のつまった書棚にかこまれたなかで、そのティーポットが机に鎮座しているのが見える。

お気に入りの青い椅子は、わたしの体重でへこんでいる。わたしの形に。何百回、何千回とそれにすわった。椅子はわたしの形に、わたしだけに合うように作りあげられた。わたしは今そこへいき、静かな心地で椅子にすわることができる。かつていた場所。わたしは蠟燭を持っている。ひとつ。ひとつだけ。これに火をつけたことはない。一度も。濃い赤。真紅といっていい。象の形をしていて、背中から白い芯がのびている。クラストップの成績で高校を卒業したときに両親がくれたプレゼントだ。

いつかその蠟燭に火をつけようと思っていた。でもつけなかった。時間がたつほど、つけがたくなった。蠟燭に火をつける特別な機会かもしれないと思うたび、妥協しているような気になった。だから、もっといい機会が来るのを待った。その蠟燭は、結局一度も火をともされることのないまま、本棚の上にある。そんな特別な機会は一度も訪れなかった。いったいなぜそんなことに？

――彼は学校で三十年以上働いていた。過去に問題を起こしたことはない。記録には何もない。

――何も？　それもまためずらしい。三十年以上、ひとつの仕事に就いていて。ひとつの学校にいて。

――古い家に住んでいた。もともと実家の農場だったところだと思われる。両親はふたりともだいぶむかしに亡くなったと聞いた。わたしが話をした全員は、彼はとても優しい人間だったと口をそろえる。ただ、人とどう会話していいかわからないようだった。うまく交流ができなかった。もしくは、交流しようとしなかった。人付き合いには興味がなかったんだろう。外に置いた自分の車のなかで休憩を取ることも多かった。校舎の裏のピックアップ・トラックにすわりにいく。それが彼の休憩だった。

——それで、聴力については？

——人工内耳を入れていた。耳はだいぶ悪くなっていた。あと一部の食べ物、牛乳や乳製品にアレルギーがあった。虚弱体質だ。それに、学校の地下のボイラー室にいくのを嫌がった。用事があるときには、いつもほかの人にいってもらっていた。

——変わってる。

——それからノートや日記や本。いつだって本に鼻をくっつけていた。そういえば、一度、放課後の実験室にいるのを見かけたんだが、そのときは宙を見つめて突っ立っていた。わたしはしばらく様子をうかがってから、なかに入った。向こうはわたしに気づかなかった。仕事であるはずの掃除もしていない。そこにいる理由が見あたらなかったから、何をしているのかと、わたしはそっと声をかけた。答えるまでに間があって、それからふり返ると静かに口に指をあてて、〝シーッ〟とわたしに言ったんだ。その仕草に目を疑ったよ。

——とても変わってる。

——こっちが何も言えずにいると、〝時計の音も聞きたくない〟と。そしてそのまま横をすり抜けて、出ていった。こうしたことが起きるまでは記憶から消えていたことだ。

――それほど賢かったのなら、なぜそんな長いことモップがけをつづけてたんでしょうね。なぜ、ほかのことをしなかったのか。

――ふつうの仕事は職場の人間との交流が必要だ。トラックにただすわっているわけにはいかない。

――それにしたって学校の用務員でしょう?　そこのところが理解できない。ひとりになりたいのなら、なぜ人が大勢まわりにいる職場を選んだのか。ある種の自虐行為と言えませんか?

――たしかに、言われてみればそうかもしれないな。

両手両ひざをついて、音楽室と思われる場所の横を這っている。鼻から血が床にぽたぽたと落ちる。わたしは教室のなかにはいない。外の狭い廊下にいる。教室をのぞける窓がある。頭が痛い。強烈に。たくさんの赤い椅子に、黒い譜面台。秩序はない。

ジェイクの両親のことを頭から追いだせない。お母さんがあんなふうにわたしを抱きしめたこと。彼女はわたしをいかせようとしなかった。最後はとても具合が悪そうだった。心配し、怯えていた。自分のことではない。わたしたちのことで。たぶん彼女はわかっていたのだ。ずっとわかっていたのだろう。

わたしは何百万もの考えに思いをめぐらしている。感覚が混乱して、整理がつかない感じがする。両親のことをどう思ったかと、ジェイクはわたしに訊いた。どう思ったか今ならわかる。彼らは幸せでないというより、行き詰まってしまったのだ。ふたりまとめて、あの場所で行き詰まった。相手への恨(うら)みつらみが、たがいからにじんでいた。わたしがいるあいだは、最大限感じよく振る舞っていたはずだ。それでも真実を完全には隠せなかった。彼らは何かにいらだっていた。

子供時代のことを考えている。記憶に残っていることを。自分でも止められない。もう何年も、もしかしたら一度も考えることのなかった、子供のころの出来事。集中できない。人の区別ができない。わたしは全員のことを考えている。

「僕らはただおしゃべりしてるだけだ」ジェイクは言った。

「わたしたちは意思疎通している」わたしは答えた。「わたしたちは考えている」

ひと休みしていて頭のうしろを掻いたとき、硬貨大ほどの禿に手がふれた。わたしはさらに髪の毛を抜いていた。髪の毛は生きてない。目に見える細胞は、全部すでに死んでいる。手でふれ、カットし、整えるとき、髪は死んでいて命はない。わたしたちは髪を見、手でふれ、洗い、手入れをするが、それは死んでいる。わたしの両手には今も赤色がついている。

今、気になるのはこの心臓。わたしはそれに腹が立つ。絶え間ない鼓動。人はそれに意識が向かないようにできているのに、なぜ今、気がいくのだろう？　なぜ鼓動に腹が立つのだろう？　選べないからだ。自分の心臓に注意が向くときは、鼓動をやめてほしいとき。絶え間ないリズムから解放されてひと息つく。われわれはみんな休息が必要だ。

一番重要な物事は見落とされるのがつねだ。こんなことにでもならないかぎり。そうなると、今度はもう無視はできない。つまり、それは何をあらわすのだろう？わたしたちはそういう限界や欲求に腹が立つ。人間の限界と弱さに。人はただひとりでいることができない。あらゆるものは幽玄であり無様だ。依存するもの、恐れるものが多すぎる。必要とするものが多すぎる。

一日とは？　一晩とは？　正しい行いをすること、人間らしい意思決定をすることには美がある。わたしたちにはつねに選択肢が与えられる。毎日。全員に。生きているかぎり、つねに選択肢が与えられる。人生ですれちがう全員にも、考慮すべきおなじ選択肢が与えられる。くり返し、何度も。無視しようとすることもできるが、われわれ全員に対しての問いはただひとつ。

この廊下をつきあたりまでいけば、ロッカーのならぶ広い廊下のどれかにもどるだろう、とわたしたちは考える。わたしたちはあらゆる場所にいった。もうほかにいく場所はない。いつもの学校だ。いつもながらのおなじ学校だ。

上の階にもう一度いくことはできない。できない。わたしたちはがんばった。本気で。必死に。わたしたちはいつまで耐えられる？

ここにすわる。この場所に。わたしたちはずっとこの場所にいて、すわっていた。

もちろん、わたしたちは居心地が悪い。そのはずだ。もとよりわたしにはわかっていた。わかっている。わたしは自分でこう言った——

〝今から動揺させることを言おう。おまえがどんな見た目か知っている。おまえの足、手、肌を知っている。おまえの頭、髪、心を知っている。

爪を噛んではいけない〟

いけないのはわかっている。それはわかっている。わたしたちは悪いと思う。

今になって、わたしたちは思いだす。あの絵。今もポケットに入っている。ジェイクのお母さんがわたしたちにくれた絵。サプライズとしてわたされた、ジェイクの肖像画。ほかの写真といっしょにその絵も壁に飾ろう。ポケットから出して、ゆっくり広げる。見たくなくても見ないといけない。描くのには長い時間がかかった。数時間、数日、数年、数分、数秒。顔がわたしたちを見つめている。わたしたち全員がそこにいる。歪んでいる。ぼんやりしている。ばらばらになっている。明らかで、まちがえようがない。わたしの両手についた絵の具。

それは、まぎれもなくわたしの顔だ。その男。どんな自画像もそうだが、見てわかる。それはわたし。ジェイクだ。

あなたは善い人間？　本当に？

正しい行いをすること、選択をすることには美がある。ちがうか？

踊りあかそう。チケットは十ドル。

何をぐずぐずしてる？

何をぐずぐずしてる？　何をぐずぐずして

る？　何をぐずぐずして

る？　何をぐずぐずして

る？　何をぐずぐずして

る？　何をぐずぐずしてる？

わたしたちは用務員の部屋にもどってきている。それは必然だった。今ではそれがわかる。そうなることはわかっていた。ほかに選択肢はなかった。結局のところ、そういうことだ。

木工の教室と自動車整備の教室の前を通った。〈ダンス・スタジオ〉と書かれたドアを過ぎた。〈生徒会〉と書かれたべつのドアもあった。演劇部を見た。どのドアも試すことはしなかった。なんの意味がある？　わたしたちはもう何年にもわたり、それぞれの階のそれぞれのドアの前を歩いてきた。これほどの年月が経過すると、埃でさえなじみがある。きれいかどうかは今は気にしない。

用務員の部屋はわたしたちの部屋。わたしたちのいるべき場所。結局のところ、自分がだれなのか、だれだったのか、どこにいたのか、われわれは否定することはできない。だれになりたいかは、そこにたどりつく道がないのなら、どうでもいいことだ。

わたしたちは地下室に通じるドアの前を通った。

これがわたしたちだ。爪。ひとつかみの髪。手についた血。

わたしたちは写真を見た。男。わたしたちは理解する。たしかに理解する。これが真実でなければいいのにと思う。


ここで働いている何者かは、用務員は、このなかにはいない。写真に写った顔を見て、わたしたちはそれに気づく。彼はもうここにはいない。もう去った。いるのはわたしたち。今ではわたしたちがこのなかにいる。ジェイクとともに。ほかにはだれもいない。わたしたちだけ。車にいたあのとき。わたしたちは校内の男を見なかった。用務員を。ジェイクだけが見た。ジェイクはわたしたちに学校のなかまで追ってきて、自分を探してほしかった。

わたしたちといっしょに、このなかにいたかった。出口のないこの場所に。

ジェイクの靴。更衣室にあった。本人が脱いだのだ。自分で脱いで、体育館に残した。

彼はゴムの長靴を履いた。最初から全部彼だった。ジェイクだった。あの男。なぜならば、男はジェイクだから。わたしたちは。わたしたちはもうこらえきれない。涙があふれる。ふたたび涙が。

彼の弟。弟が問題をかかえているという話。あれは作り話だとわたしたちは思う。訪ねていったことに対してお父さんがあんなに喜んだのは、そのためだ。わたしたちがジェイクに優しく接しているとして。問題をかかえていたのは彼。ジェイクだ。弟じゃない。弟はいない。いたはずだが、いなかった。ではジェイクの両親は？　彼らはとっくに死んだ。わたしたちが目にできる髪、頭でのびる髪、抜け落ちる髪のように。もう死んでいる。とっくに死んでいる。

前にジェイクはわたしに言った。「どう行動するかより何を考えているかのほうが、真実や現実に近いことがある。人は好きなことが言えるし、好きなように行動ができるが、考えはごまかせない」

ジェイクにはもはや助かるすべはない。彼はがんばった。助けは結局来なかった。わたしたちが終わらせようとしているのを、ジェイクは知っていた。どういうわけか知っていた。こっちから告げたことはない。ただ考えていただけ。でもジェイクは知っていた。彼はひとりになりたくなかった。それは耐えられなかった。

また最初から歌がはじまる。さらに大きな音で。どうでもいい。机の横の小さなクローゼットは空っぽだ。何もかかっていない針金のハンガーをまとめて片側に寄せて、わたしたちはなかに入る。息が苦しい。なかのほうがましだろう。ここにいて、待とう。

音楽が止まる。しんとなる。静まり返っている。そのときが来るまで、わたしたちはこの場所で過ごすのだ。

ジェイク。ジェイクだった。わたしたちはいっしょにここにいる。わたしたちみんな。動作、行動、それらは真実を誤解させ、偽ることがある。行為とは、定義としては振る舞い、為すということ。それは抽象だ。行動は構成だ。

〝比喩。精巧なメタファー。人間は経験のみを介して重要性や妥当性を理解し認識するんじゃない。例を通じて受け入れ、拒否し、見極める〟

わたしたちがパブで出会った、大むかしのあの晩。あの晩は歌が流れていた。チームのみんながおしゃべりし、問題について議論するのを聞いていながらも、彼が口をひらくことはまったくなかった。それでも仲間にくわわっていた。参加していた。彼は考えていた。そしてたぶん楽しんでもいた。少しずつビールをすすりながら。彼はときどき無意識に手の甲のにおいを嗅ぐようなことをした。何かに集中しているときや、リラックスしているときに出る癖だ。そんな状況でリラックスできるのはとてもめずらしかった。でも彼はちゃんと自分の部屋から出て、パブへと足を運び、大勢のいる場所にやってきたのだ。それは大変で、すごいことだった。

そして、あの女の子。

彼女。彼。わたしたち。わたし。

彼女は彼のとなりにすわっていた。かわいくて、おしゃべりだった。たくさん笑う子だった。彼女はありのままの自分でいられる人だった。彼はどうしても声をかけたかった。彼女が笑いかけてきた。それはまちがいなく笑顔だった。経験的に。疑問の余地なく。あれは本物だった。そこで彼も笑い返した。彼女は優しい目をしていた。

彼は彼女を憶えている。彼女はとなりの席にいて、べつの場所に移ったりはしなかった。賢くて面白い子だった。くつろいでいた。〝あなたたち、なかなかやるじゃない〟、そう言って、にっこりした。ジェイクに最初にかけてきたのがその言葉だった。わたしたちに。

「あなたたち、なかなかやるじゃない」

彼はビールグラスを掲げた。「おかげさまで仕込んであるからね」

ふたりはもう少し話をした。彼は自分の電話番号をナプキンに書いた。それを彼女にわたしたかった。できなかった。わたせなかった。わたさなかった。

もう一度会って、話だけでもできればよかったが、その機会はなかった。ばったり会うこともあるかもしれないと、彼は考えた。そんなチャンスを期待した。二度目ならもっと簡単だろうし、進展する可能性だってあるかもしれなかった。でもその機会は得られなかった。結局、それは起こらなかった。それを起こす必要が彼にはあった。彼女のことを考える必要があった。思考は現実。そこで彼女のことを書いた。彼らのことを。わたしたちのことを。

電話番号をわたせていたら、何かが変わっただろうか？　彼女から電話できていたら？　電話で話し、もう一度会い、そして彼がデートに誘いだしていたら？　彼は研究室にとどまっただろうか？　いっしょに遠出のドライブをしただろうか？　彼女はキスしただろうか？　ふたりは付き合い、ひとりでなく、ふたりという間柄になっただろうか？　順調にいったとして、彼女は彼が育った家を訪ねただろうか？　天候がどうであれ、ふたりは帰り道にアイスクリームを食べに寄ったかもしれない。ふたりいっしょに。でも、わたしたちはそうしなかった。そうしたいずれかで、何かが変わったのだろうか？　変わった。変わらない。もしかしたら。今となってはどうでもいい。それは起こらなかったのだ。彼女に責任はない。パブでのたった一度のつかの間の出会いなど、その晩が終わるとともに忘れたことだろう。

わたしたちが存在することさえ、もう彼女は知らない。責任はわたしたちにのみある。あれはもうずいぶんむかしのこと。何年もむかし。彼女にとっては些細な出来事だった。ほかのだれにとっても。わたしたちをのぞいて。

　あれからいろんなことがあった。わたしたちに、ジェイクの両親、デイリークイーンの女の子たち、ヴィールさんに——でも、わたしたちはみんなここにいる。この学校に。ほかのどこでもなく。全部はおなじものの部分。わたしたちは彼女を自分たちにくわえる試みをしなくてはいけなかった。どんなことが起こり得たか、確かめるために。それは彼女が語るべき物語だった。

　ふたたび足音がする。長靴の。ゆっくりした足音で、まだ遠い。こっちの方向へやってくる。音はだんだん大きくなってくるのだろう。彼は時間をかけている。わたしたちにほかに行き場がないのを知っている。ずっと知っていた。そろそろやってくる。

　足音が近づいてくる。

　人は忍耐力について口にする。どんなものにもすべて耐え、前へと歩きつづけ、強くあろうとする力。だが、それができるのは、孤独でないときだけだ。それはつねに人生の基盤となるインフラなのだ。他者と親しく接していることが。孤独だと、どんな忍耐もただ耐え忍ぶための闘いとなる。

　ほかにだれもいないとき、わたしたちには何ができる？　自分たちだけで持ちこたえていこうとがんばったその後は、何ができる？　ずっと孤独だったら、わたしたちはどうする？　まったくだれもいなかったら？　その場合、人生にどんな意味がある？　人生に意味があるのか？　その場合、一日とはなんなのか？　一週間とは？　一年とは？　一生とは？　一生とはなんなのか？　すべては異なった意味を持つ。わたしたちはべつの方法、べつの選択肢を試さないといけない。ほかの唯一の選択肢を。

愛や共感を受け入れて認識する能力がわたしたちに欠けているのではないし、それを経験できないのでもない。でも、だれを相手にして？　まわりにだれもいないのに？　だからわたしたちはその決断に、その問いに立ちもどる。おなじ問いだ。結局、わたしたち次第なのだ。どうすることに決めるのか？　つづけるのか、つづけないのか。このままいくのか？　それとも？

おまえは善い人間か、悪い人間か？　それはまちがった問いだった。そもそもからしてまちがった問いだった。その問いには何人も答えることはできない。〈電話の人〉は考えるまでもなく最初からそれを知っていた。わたしは知っていた。たしかに知っていた。問いはただひとつで、その答えを出すのにわたしたちは彼女の助けが必要だった。

心臓の鼓動についてては考えまい、とわたしたちは決める。

交流、つながりは、必須だ。われわれみんなが必要とするものだ。孤独は永遠につづけられるものではない。そのときがこないかぎり。

ひとりでは一番のキス上手にはなれない。

〝そういうとき、この関係は本物だとわかるのだろう。以前はつながりのなかった相手が、そんなことはできないし無理だと思っていたくらいに自分を知ってくれるとき〟

わたしは自分の音を消すために手で口を覆う。手が震えている。何も感じたくない。彼を見たくない。もう何も聞きたくない。見たくない。それはいいものではない。

わたしは心を決めた。ほかに方法はない。今さら遅すぎる。起きたことは起き、そのまま長い時間が、長い年月が過ぎた。自分の電話番号を書いたナプキンをパブでわたしていたら。彼女に電話できていたら。そしたら、こんなことにはならなかったかもしれない。でも、できなかった。そうしなかった。

彼がドアのところにいる。ただ立っている。これは彼がしたことだ。彼がわたしたちをここに導いた。いつだって彼だった。彼だけのこと。

わたしはのばした手で扉にふれて待つ。また一歩近づいてくる。急ぐ様子はない。選択肢はある。わたしたちみんなに選択肢はある。

何がこれをひとつにまとめているのか？　何が人生に意義を与えるのか？　何が人生に形と奥行きを与えるのか？　最後には、われわれみんなにそれは訪れる。ならばなぜ、みずからそれを実現させることなく、ただ待つのか。わたしは何をぐずぐずしてるのか？

もっとうまく立ちまわれていたらと思う。もっと何かできたらよかったのにと思う。目を閉じる。涙がこぼれる。長靴の音がする。ゴムの長靴。ジェイクの長靴。わたしの長靴。ここの外で、ここのなかで。

彼が扉の前に立つ。それが軋みながらひらく。わたしたちはいっしょだ。彼。わたし。わたしたち。ついに。

〝何もましにならないとしたら？　死が逃げ道でなかったら？　蛆の餌食としてひたすら貪られ、それを感じつづけるとしたら？〟

わたしは両手をうしろで組んで、彼を見る。頭から何かをかぶっている。今も黄色いゴム手袋をはめている。わたしは目をそらしたい。目を閉じたい。

彼が近づく。そばに迫る。手でさわれるほどそばまで。マスクの下から呼吸の音が聞こえる。彼のにおいがする。何を望んでいるかわかる。彼は覚悟ができている。終わりに向けて。覚悟はできている。

〝どんなものにおいても、ぎりぎりのバランスが必要だ。温度管理されたインキュベーターを見せてあげよう。遺伝子操作で目的のタンパク質を過剰発現するようにした酵母や大腸菌の培養液を大量に、二十リットル以上も培養している〟

終わりを早める選択をするとき、われわれは新たなはじまりを創出する。〝銀河の形成や、銀河を取り巻く星々の回転速度が計算上成り立つのは、すべてそうした目では見ることのできない、その他の質量があってこそといえる〟

彼はマスクの下側を持ちあげて、あごと口からはずす。あごの無精ひげ、ひび割れたかさかさの唇が見える。わたしは彼の肩に片手を置く。懸命に手の震えをこらえる。わたしたちは今、みんなここにいっしょにいる。わたしたち全員が。

〝金星の一日は、地球の百十五日ほどに相当する……空でもっとも明るい存在だ〟

彼はクローゼットの針金のハンガーをわたしの手ににぎらせる。「もう終わりにしようと思ってる」と彼は言う。

わたしはハンガーを真っすぐにのばし、それを半分にまげて両端のとがった先をおなじ方向に向ける。

「いろいろ残念だった」わたしは言う。残念だ、とわたしは思う。

「やってくれ。さあ、わたしを助けてくれ」

彼の言うとおりだ。わたしはやらないと。わたしたちは助けないと。そのためにここにいるのだから。

わたしは右手を横にまわして、思いきり押し込む。二度、押し込んで、離す。

もう一度。押し込む。離す。たたきつけるように全力で、上向きに、あごの下から、両端で首を突く。

やがて、わたしは横に倒れる。さらに血が流れる。何かが——唾液が、血が——泡となって口からこぼれる。こんなにもたくさんの小さな刺し傷。ひとつひとつが痛い。でも、わたしたちは何も感じない。

もうすんだ。わたしは残念に思う。

自分の両手を見る。片手が震えている。反対の手で押さえようとする。できない。クローゼットに背中からはまり込む。単一の個に、ひとつにもどる。わたし。わたしだけ。ジェイク。またひとり。

わたしは決断した。そうしないといけなかった。もう考えない。問いの答えは出した。

――もうひとつ、聞きたいことがあります。メモのことです。

――え？

――メモ。遺体のそばの。メモがあったとか。

――聞いたのか。

――ええ。

――あれはメモというより……なんというか、細かな書き込みというか。

――細かな書き込み？

――おそらく何かの日記か、あるいは物語か。

――物語？

――架空の人物について記したか、もしくは自分の知っていた人たちだったのかもしれない。だがやがて本人も物語に登場する。ただし語り手としてではなく。いや、そうだったのかもしれない。ある意味では。わたしにはわからない。理解できているか自信がない。何が真実で何がそうでないのか、わからない。それでも――

――理由は説明されているんですか？　なぜ彼が……終わりにしたのか？

――どうだろう。われわれにはよくわからない。おそらくはそうだ。

――つまり？　説明はあったのか、なかったのか。

――いや……

――なんです？

――そんな単純な話じゃないんだ。わたしにはわからない。ほら。これだ。

――なんですか、これは？　ずいぶんなページ数ですね。これが、彼が書いたという？

――そうだ。読むといい。ただし、おしまいから読んだほうがよさそうだ。そのあとでまた最初にもどる。だが、まずは腰をおろしたほうがいいだろう。

訳者あとがき

これから本文を読む読者の方には、先にお伝えしたいことがある。著者としては映画鑑賞をするときのように、この小説もなるべく一気に楽しんでほしいそうだ。わかりやすいネタバレは避けているつもりだが、訳者としてもまずは先入観なしに作品に身をゆだねてほしいので、この先は読まないか、せいぜい斜め読みにとどめていただければと思う。

一方で、本文をたった今読み終わり、その勢いのまま今ここにいる方も多いのではと思う。心には深い余韻が残っているだろうか。それとも頭にたくさんの疑問符が浮かんでいるだろうか。何者かどうしの会話の最後にあった助言に従ってみるべきか、迷っている方もおそらくいるだろう。正直なところ、わたしの頭にもいまだ大小の〝?〟が存在するのだが、客観的事実として本作が短めに抑えられた小説だということは、ひとつ言えそうだ。それを読みなおしを促すための著者の計算だと解釈するのは、深読みのしすぎだろうか。

カナダ人若手文筆家イアン・リードのデビュー小説である本作は、はじまる前から終末を予感させるこんな出だしからはじまる。

〝もう終わりにしようと思ってる〟

登場人物は付き合うようになってまだ日の浅いカップルの、ジェイクと〈わたし〉。何を終わらせるつもりなのかは不明ながら、語り手である〈わたし〉の口調から、別れを考えているのだろうと読み手はまずは当たりをつける。ふたりはジェイクの実家を訪ねるところで、〈わたし〉は彼の故郷や両親に興味がある一方、今回の訪問によってまちがった期待を周囲に抱かせてしまうことを恐れている。ジェイクに惹かれる部分があるのはたしかだ。でも、ひとりの相手と真剣な付き合いを長くつづけるより、気楽な独り身のほうがいいのではないか。車内でそんな自問自答をつづけているうちに、ジェイクの運転する車は両親の住む農場の家に到着する。なんにもない淋しい場所にぽつんとある古い母屋。地名は出てこないが、著者が育ったオンタリオ州の農場の印象が色濃く出ていると想像される。

イアン・リードは大学卒業後、多くの職を経験しながら趣味で小説を書きはじめた。やがて新聞、雑誌等への寄稿で注目されるようになり、二〇一〇年には初の自著 *One Bird's Choice* の出版にこぎつける。大卒で定職のないリード本人がオタワ郊外で田舎生活を送る両親の家に居候した体験をユーモラスにつづった作品で、つづいて出されたおなじくメモワール作品の *The Truth About Luck*（2013）とともに高評価を得、複数の賞を受けた。

その後、およそ三年を費やして書かれたのが本作『もう終わりにしよう。』（*I'm Thinking*

of Ending Things, 2016）だ。それまでのチャーミングな作風から一転、これほどダークで薄気味悪い小説世界を描ける作家だったことに、読者のみならず本人も驚いたようだ。本作は評判を呼んで各国にも紹介され、すぐにNetflixオリジナル作品としての映像化も決まった。監督は『マルコヴィッチの穴』の脚本でも知られる〝奇才〟チャーリー・カウフマンで、ジェシー・プレモンス、トニ・コレットといった豪華俳優陣が出演する。

小説家としての勢いはなおもつづき、二作目の***Foe***（2018）は、なんと出版を待たずして映像化の権利がアノニマス・コンテントに売れてしまったというから、リードへの期待の大きさがうかがえる。こちらの作品は近未来の、やはり隔絶された農場が舞台となっている。

さて、話を本作の中身にもどそう。〈わたし〉とジェイクが実家の農場に到着するころから、物語はいよいよ不穏になってくる。生気のない家畜、妙な態度の両親。そして次々に投入される不気味な小道具。ここで何より恐ろしいのは血や暴力の存在ではなく、感覚の混乱だ。〈わたし〉自身ものちに怖いものの例として挙げているが、いわゆる失見当識の状態。わたしはだれ？　ここはどこ？　今はいつ？　わたしはいったい何をしている？　読み手は何に縋（すが）っていいかわからず、暗闇のなか危うい足場を歩くような緊張を強いられる。だが、やがてその足場さえ大きく揺らいで、崩れ去るときが来るのだ。

この作品はどう読み解いたらいいのか。ジェットコースターの急旋回、急降下を体験した直後さながらに、ゴールで呆然となった読者もいるだろう。もちろん著者はひとつの解釈の答えを持っているが、同時に、読者ひとりひとりの考えがすべて正解だとインタビューで語っている。とはいえ〝あの意味深なエピソードは何かの象徴だろうか?〟、〝あの気味の悪い事象や存在はなんだったのか?〟ともやもやしている人もいるだろう。そんな人のためにはありがたいことに読後用サイト(http://afterthingsend.com/)が設けられており、そこではのべ二百人ちかい読者仲間が自分の解釈を紹介し、疑問を投稿している。

なかでも目立つのは、精神面のある障害についての指摘だ。たしかにその視点で読むと、特有の症状や状態をほのめかす文章がそこかしこに隠れていることに気づく。けれども、別の視点で再読してみたら? ひょっとしたらまた別のものが浮かびあがってくるかもしれない。著者は〝僕はクロスワード愛好者（クルシヴァーバリスト）だ〟、〝パズルが好きだ〟と登場人物に言わせているが、これはじつは著者自身のことで、正解まで回り道させる仕掛けが施されているのではと勘繰りたくもなる。ダブル、トリプルミーニングの文が随所に出てくるところからしても読み手を弄（もてあそ）ぶ気満々のように思えるのだが、どうだろう。

作品全体が創作過程のメタファーになっている、との面白い指摘もあった。なるほど、作者は筋や登場人物を作るものだし、作者の意識や現実が作中に染みだすこともあるだろう。リードは大学で哲学を学んでおり、彼の小説に対しては哲学（フィロソフィカル）サスペンスというラベルが出版二作目にして定着しつつある。本作においても哲学的示唆に富んだ視点が強い印象を残したことだろう。例えば、真実とは何かという問い。行動vs思考、表面上見えているものvs本質。無数の現れvsひとつの実体。タンパク質の構造に、銀河の渦。観察者。文脈。そして、生きるとは何かというシンプルな疑問。人は他者の存在なしに生きられるのか。

ところで、哲学に関する文言がくり返されるある箇所で著者の勘違いかと思われるところがあったが、何かのヒントであってはいけないので、あえてそのままに訳したことをここで申し添えておきたい。小説全体においても、日本語に置き換える際にさまざまな解釈の可能性をつぶすことのない訳語を選ぶよう心掛けたが、うまくいってないとしたら、それは訳者の力不足であり、著者と読者に対して申し訳なく思う。

本作の映像化作品はすでに完成していると聞く。会話の十五パーセントほどが映像に流用されているとの記事も見たが、得体の知れない恐怖をいだかせるこの虚と実の境のあやふやな世界を、カウフマン監督がどう解体し再構築したか、大変気になるところだ。作品の解釈の仕方はともかく、数度読み返すうちにわたしが一番感じるようになったのは、深い悲しみだ。ひとつの選択をすることは、ほかの選択肢とそれに連なる未来を消す行為にほかならない。その決断にいたるまで内面で必死にあがいていたさまを思うと、胸が痛い。

みなさんはどんな感想をお持ちになっただろうか。著者はいろんな反応と議論が出ることを望み、英語圏では実際にそのようになり、読者用のサイトもにぎわった。賛、否、疑問、日本でもさまざまな意見があがり、語り合える日が来るのを楽しみに待ちたいと思う。

二〇二〇年六月

訳者略歴　青山学院大学文学部卒，英米文学翻訳家　訳書『サイコセラピスト』マイクリーディーズ，『出口のない農場』ベケット，『幸せなひとりぼっち』『おばあちゃんのごめんねリスト』『ブリット＝マリーはここにいた』バックマン（以上早川書房刊）他多数

HM=Hayakawa Mystery
SF=Science Fiction
JA=Japanese Author
NV=Novel
NF=Nonfiction
FT=Fantasy

もう終わりにしよう。

〈HM⑷⑻-1〉

二〇二〇年七月 二十 日　印刷
二〇二〇年七月二十五日　発行

（定価はカバーに表示してあります）

著者　イアン・リード
訳者　坂本あおい
発行者　早川　浩
発行所　株式会社　早川書房

郵便番号　一〇一 - 〇〇四六
東京都千代田区神田多町二ノ二
電話　〇三 - 三二五二 - 三一一一
振替　〇〇一六〇 - 三 - 四七七九九
https://www.hayakawa-online.co.jp

乱丁・落丁本は小社制作部宛お送り下さい。
送料小社負担にてお取りかえいたします。

印刷・星野精版印刷株式会社　製本・株式会社明光社
Printed and bound in Japan
ISBN978-4-15-184201-6 C0197

本書は活字が大きく読みやすい〈トールサイズ〉です。